U0526777

爱与烦恼

艾丽斯·沃克短篇小说集

In Love and Trouble
Alice Walker

[美]艾丽斯·沃克 著

乔娟 译

九州出版社
JIUZHOUPRESS

图书在版编目（CIP）数据

爱与烦恼：艾丽斯·沃克短篇小说集 /（美）艾丽斯·沃克著；乔娟译. -- 北京：九州出版社，2023.8
ISBN 978-7-5225-1810-7

Ⅰ.①爱… Ⅱ.①艾… ②乔… Ⅲ.①短篇小说—小说集—美国—现代 Ⅳ.①I712.45

中国国家版本馆CIP数据核字(2023)第079389号
In Love and Trouble : Stories of Black Women by Alice Walker
Copyright © 1973, 1972, 1970, 1968, 1967 by Alice Walker.
This edition arranged with The Joy Harris Literary Agency, Inc.
Through Big Apple Agency, Labuan, Malaysia.

著作权合同登记号：图字01-2023-3062

爱与烦恼：艾丽斯·沃克短篇小说集

作　　者	[美]艾丽斯·沃克 著 乔娟 译
责任编辑	牛 叶
出版发行	九州出版社
地　　址	北京市西城区阜外大街甲35号（100037）
发行电话	（010）68992190/3/5/6
网　　址	www.jiuzhoupress.com
印　　刷	河北中科印刷科技发展有限公司
开　　本	889毫米×1194毫米 32开
印　　张	6.25
字　　数	90千字
版　　次	2023年8月第1版
印　　次	2023年8月第1次印刷
书　　号	ISBN 978-7-5225-1810-7
定　　价	68.00元

★ 版权所有　侵权必究 ★

导　言

艾丽斯·沃克是当代著名非裔美国小说家、诗人、行动主义者、妇女主义思想的践行者，以及非洲流散妇女主义[1]文学思想的集大成者。沃克多才多艺、成果丰厚，迄今已出版诗集、长篇小说、文集、短篇小说集和传记等多种体裁的作品，各种文类之间相互呼应、彼此互补，共同建构了艾丽斯·沃克精神思想发展的主体框架，呈现了艾丽斯·沃克作品多元文化与多重声音的丰富内涵。

水中跋涉："做一个名叫摩西的女人"

1944年2月9日，艾丽斯·沃克出生于美国南方佐治亚州的一个佃农家庭，混合了非洲人、切罗基人[2]和欧洲人

---

[1] 妇女主义（Womanism），当代美国黑人女性主义批评中的一个重要概念，艾丽斯·沃克的"妇女主义思想"有四个鲜明的特征，即反对性别主义，反对种族主义，非洲中心主义和人文主义。
[2] 属于北美印第安民族的一支。

的血统。父亲威利·李·沃克是欧洲裔美国人，靠种地、打短工为生，收入菲薄；母亲米妮·塔卢拉·格兰特·沃克是非裔美国人和切罗基人的后代，靠给大户白人家当用人补贴家用。夫妻养育了五男三女共八个孩子，沃克是家中的老幺。佐治亚州充斥着浓重的种族偏见，白人社会不认为黑人需要接受学校教育，但沃克的父母坚信，教育是摆脱贫困的唯一出路。沃克四岁开始上学，八岁便可在笔记本和田野地头写诗。

也正是在八岁时，假扮印第安人玩耍的沃克被哥哥用玩具手枪误伤了眼睛。母亲找到了一个白人医生为沃克治疗，医生收取了250美元的高额治疗费，却没能治好沃克的眼伤，还雪上加霜地扔给了沃克一句话："眼睛是相互感应的，如果一只眼瞎了，另一只也很可能要瞎。"[1]多年后，沃克痛彻心扉地写道："我八岁时的白日梦不是童话，全都是扑向刀剑，举枪对着心脏或头颅，用剃刀割手腕。"[2]沃克开始退隐于孤独，靠读故事书、尝试诗歌创作来化解内心的自卑与

---

[1] 转引自王晓英《艾丽斯·沃克：妇女主义者的传奇》，湖北华中科技大学出版社2020版，第9页。
[2] 艾丽斯·沃克《来自一次访谈》，选自文集《寻找我们母亲的花园：妇女主义散文》。

痛苦。

1961年,十七岁的沃克获得一笔残疾人奖学金,进入亚特兰大的斯贝尔曼学院[1]学习。她似乎领悟到了命运与梦想之间的真谛:"如果我不是永远失去了一只眼睛,我就不会有资格获得佐治亚州给'残疾人'的那一笔奖学金。从字面上说,只需要一只眼睛也能走出世界。"在这里,她受到俄国历史学教授霍华德·津恩的重要影响。津恩不仅开启了她阅读俄国文学作品的大门,而且带领她参与美国黑人民权运动。当时正值民权运动高涨时期,身为犹太裔白人的津恩却是民权运动的坚定支持者,他亲自组织斯贝尔曼学院的学生举行抗议活动。尽管津恩已获终身教授职位,但还是毫无征兆地被校方解雇,此事促使沃克更全身心地投入民权运动。她还愤然转学以示抗议:"1964年,我从亚特兰大的斯贝尔曼学院逃了出来,来到莎拉·劳伦斯女子学院[2],因为我

---

[1] 斯贝尔曼学院(Spelman College),位于佐治亚州的亚特兰大,由哈利特·E.伊莱斯和索菲亚·B.派克德建立于1881年,是历史上第一所黑人妇女高等教育机构。
[2] 莎拉·劳伦斯女子学院(Sarah Lawrence College),美国一所私立文理学院。创办于1926年,创办之初是专门的女子学院,1969年开始实行男女同校教育。学校曾拒绝了普林斯顿大学合并的请求。2020年诺贝尔文学奖得主露易丝·格丽克(Louise Glück)也毕业于此。

认为斯贝尔曼学院反对变化，反对自由，也不理解大多数女性入学时就已成年了，应该被视为成年妇女。在莎拉·劳伦斯女子学院，我找到了自己一直在追寻的一切——行动自由，轻松读书，走自己的路，穿自己的衣，按照自己的想法过自己的生活。正是在这里，我创作了第一个短篇小说、第一本书……"[1]

1965年夏天，大四的沃克与一个基地设在佛蒙特州的"国际生活项目试验"研究团队一起赴肯尼亚，其间还帮助建造一所学校。在非洲发生了影响沃克一生的大事：沃克在非洲与前男友重逢，回到美国才知道自己怀孕了。根据美国当时的限制堕胎法，以胎动作为区分，胎动前堕胎是轻罪，胎动后堕胎为二级谋杀。如果堕胎不成，沃克只有身败名裂地退学，此时的沃克想到了自杀。最后在朋友的帮助下成功堕胎后，沃克通过诗歌创作来倾诉自己的痛苦，以寻找治愈创伤的可能性，她这样评价自己的第一本诗集："《昔日》（Once）虽然始于悲伤，但它是一本'快乐'的书，充满了

---

[1] 艾丽斯·沃克《黑人革命艺术家或只在工作和写作的黑人作家，平凡但有价值的职责》，选自文集《寻找我们母亲的花园：妇女主义散文》。

乐观主义精神，热爱世界，热爱其中的一切情感。"[1]

1966年夏天，沃克在密西西比州参加民权运动的过程中，结识了一位同样投身于民权运动的犹太裔律师，这位年轻人便是刚刚从纽约大学法律系毕业，后来成为她丈夫的梅尔文·罗斯曼·利文逊[2]。1967年春天，沃克与梅尔文克服各种困难在纽约市结婚，同年迁居密西西比州的州府杰克逊市，成为"密西西比州第一对合法结婚的跨种族夫妇"[3]。婚后第一年，二十三岁的沃克就写下了著名的短文《民权运动：好在哪里？》(*The Givil Rights Movement: What Good was It?*)，该论文发表在《美国学者》，并在一年一度的论文大赛中获一等奖。

回到密西西比州的决定源于沃克的崇高理想。毕业后的她，时常想起《水中跋涉》(*Wade in the Water*)这首黑人灵歌，歌词讲述了美国南方黑奴通过水路逃向自由的北方的历史，歌词中的女主人公哈丽亚特·塔布曼，被称为"黑摩

---

[1] 艾丽斯·沃克《来自一次访谈》，选自文集《寻找我们母亲的花园：妇女主义散文》
[2] 梅尔文·罗斯曼·利文逊（Melvyn Rosenman Leventhal, 1943— ），美国知名律师，以其在20世纪60年代的民权运动中作为社区组织者和律师的工作而闻名。
[3] 选自美国电视新闻节目《民主，现在！》的一期采访，《黑暗时代的内心之光：与作家兼诗人艾丽斯·沃克的对话》。

西"。这位黑人传奇女性逃离奴隶制地区以后，帮助数百名黑人通过"地下铁路线"获得自由。沃克决心以塔布曼为榜样，返回南方故乡，深入佐治亚州和密西西比州，加入黑人权利运动中，去帮助南方黑人的下一代改变他们的命运，"做一个名叫摩西的女人"。

走上文学道路

在故乡的生活依然充满挑战与伤痛。1968年，艾丽斯·沃克因悲恸马丁·路德·金的遇难而痛失腹中胎儿，直至1969年再次怀孕，才迎来女儿丽贝卡的出生。与此同时，从1968到1971年，沃克先后在密西西比州的杰克逊州立学院，以及杰克逊市的陶格鲁学院当客座作家，同时教授黑人文学。1970年，艾丽斯·沃克的第一部长篇小说《格兰奇·科普兰的第三次生命》(*The Third Life of Grange Copeland*)发表。由于小说中塑造了自甘堕落的黑人男性形象，被多数评论家认为有悖于黑人作家要塑造正面的黑人男性群体形象的传统原则，一时间，她成为美国非裔文学批评界的众矢之的。

1973年,艾丽斯·沃克出版了第一部短篇小说集《爱与烦恼:黑人女性的故事》(*In Love & Trouble: Stories of Black Women*)[1]。这部集子收录了十三篇沃克早期最为出色的短篇小说,其中包括第一篇小说《罗斯莉莉》和多次被收录入美国非裔文选的《日常用品》。在对美国黑人女性的多维书写中,"爱"始终是沃克笔下的主旋律,爱的对象可能是情人、家庭、子女、信仰等,但沃克笔下的爱并不是单声道演奏,它总是和别样的情感混杂在一起,而那些别样的情感往往不可避免地演变为爱的旋律的变奏,继而又将爱的线索斩断,或者说将爱的音符压制,使得整个故事呈现出与原初完全不同的面向。同年,沃克的第二部诗集《革命的牵牛花及其他诗歌》(*Revolutionary Petunias and Other Poems*)问世,作品标题取自诗集中的一首同名诗《革命的牵牛花》,该诗描写了一位名叫萨米·卢的黑人妇女,她因用耕田农具杀死了压迫虐待她的丈夫而被处以死刑。1974年,该诗集获得美国国家图书奖提名,当年同时获得提名的有十一人,

---

[1] 中文版书名为:《爱与烦恼:艾丽斯·沃克短篇小说集》。——编注

其中包括两位女作家——奥德·洛德[1]和奥德里安·里奇[2]。20世纪70年代的美国，正是女性主义运动兴起的时期，因此三位女作家也非常团结，她们三人商定好，如果三人中有一位获奖，那个人就将代表全体美国女性去领奖。最后，这年的美国国家图书奖由里奇和男作家艾伦·金斯堡[3]共同获得。尽管没能得奖，但对于艾丽斯·沃克来说，《革命的牵牛花及其他诗歌》能获得美国国家图书奖的提名，既是对她作品文学价值的肯定，也是对她本人一个极大的鼓励。

1974年，艾丽斯·沃克接受格洛丽亚·斯泰纳姆[4]的邀请，担任《女士》杂志的编辑，年薪11500美元。沃克当时提出的条件是，每周只上两天班，不参加任何会议，这样她的主要精力还可以放在文学创作上。此刻，她的婚姻亮起了红灯，她鸵鸟般地将全部精力投入第二部长篇小说《梅丽迪

---

[1] 奥德·洛德（Audre Lorde, 1934—1992），美国作家、诗人、女权主义者、图书管理员和民权活动家。1989年获美国图书奖（American Book Awards）。
[2] 奥德里安·里奇（Adrienne Rich, 1929—2012），美国诗人、散文家和女权主义者。她被称为"20世纪下半叶阅读最广、影响力最大的诗人之一"。
[3] 艾伦·金斯堡（Allen Ginsberg, 1926—1997），美国"垮掉派"运动的领军人物，代表作《嚎叫》。
[4] 格洛丽亚·斯泰纳姆（Gloria Steinem, 1934— ），20世纪60—70年代美国著名的妇女解放运动领导者之一，她于1971年创办的《女士》（Ms.）杂志是当时最具影响力的女性主义和妇女主义思想阵地。

恩》(Meridian)的创作。

1975年8月,沃克独自来到纽约州萨拉托加斯普林斯市的雅斗花园[1],专门从事写作。梅尔文也离开了密西西比州,住到纽约,以期缓和紧张的夫妻关系。沃克感觉自己慢慢进入一种分裂状态,甚至认为自己不适合结婚。尽管梅尔文十分不愿意以离婚的方式来结束他们的紧张关系,但他明显感到,随着沃克作为革命艺术家的名声越来越大,她有一个白人丈夫的压力也越来越大。沃克不无痛心地感慨:"生活就是一种神秘性。就像爱情里不容任何障碍物。"

1976年,《梅丽迪恩》出版,沃克曾表示,这部作品以她本人20世纪60年代的生活经历为蓝本,而梅丽迪恩的原型则来自黑人民权运动的传奇人物鲁比·多丽丝·罗宾逊[2]。同年,沃克与梅尔文的婚姻宣告结束。离婚后不久,沃克与黑人历史学家、社会活动家、《黑人学者》编辑罗伯特·艾伦[3]相恋。沃克明确地向罗伯特表示,她不会再走入婚姻的

---

[1] 雅斗花园(Yaddo Garden),美国纽约州的一家著名的艺术家静修所,专门招待艺术家在此创作。
[2] 鲁比·多丽丝·罗宾逊(Ruby Doris Smith-Robinson, 1942—1967),20世纪60年代美国民权运动的重要人物之一。
[3] 罗伯特·艾伦(Robert Lee Allen, 1942—),美国活动家、作家。

殿堂。

沃克的创作激情和野心注定她将成为一个多产作家。1981年，艾丽斯·沃克的第二部短篇小说集《你不能征服一个好女人》(*You Can't Keep a Good Woman Down*)问世，这部集子共收录了十四篇短篇小说，小说不仅聚焦于遭受双重压迫的黑人女性对爱情和性爱的自由追求，而且还记录了一系列黑人女性探索自我、追求肉体与灵魂自由的奋斗历程。她们大胆地向美国社会宣布，黑人妇女的内心世界是完整而不可侵犯的，她们的精神与灵魂更是自由的，决不会接受任何形式的约束。该集子被认为是《爱与烦恼：黑人女性的故事》的续篇，作者所表现的女性主义和妇女主义思想也都达到了新的高度。

艾丽斯·沃克的早期创作，凸显出其强烈的女性主体意识与女性经验，她试图通过描述黑人世界的扭曲、窒息与男性形象的坍塌，来反映黑人群体的生存状况，同时意欲表明，社会历史、政治、经济等因素对人性泯灭也负有不可推卸的责任。因此，沃克的作品被贴上了"批判现实主义"的标签，她也坚定地将自己定义为"革命者"。但细读她的文本，我们可以发现，她的文学创作从一开始就摒弃了20世纪50至70年代美国非裔文学中盛行的自然主义抗议文学传统。譬如关于诗歌《革命的牵牛花》，沃克便直言："尽管萨米·卢至多只能算是一个反抗者而不是革命者，我仍然给这首诗题名为'革命的牵牛花'，在某种程度上，这本诗集是为了赞扬那些不会陷入任何意识形态或种族窠臼的人们的。"沃克的文学创作采用了社会现实主义、哥特现实主义、民间书信和神话历史等多种叙事策略，她并没有用赖特式[1]的语言，而是用另一种丰富的艺术语言来重构美国黑人在美国的经历。《爱与烦恼：黑人女性的故事》有如沃克手中的一面镜子，极具艺术性地映照出美国南方社会中的各个阶层的人物和形形色色的生活，尤其是黑人女性在困苦中挣扎的悲剧命运；《你不能征服一个好女人》则更关注美国黑人女性在生存困境中如何保持其艺术创造力，顽强地与世界和谐共处的生存智慧。可见沃克在这一阶段的文学理想，是要提升个体与他者之间的关系质量，无论男性还是女性，其人格的完

---

[1] 理查德·赖特（Richard Wright, 1908—1960），非裔美国小说家、评论家，代表作《土生子》，小说通常以现实主义的笔触，向社会的不公提出抗议与控诉。

整体性与和谐性是健康生存与发展的关键因素。沃克这两部短篇小说集的人物塑造和主题思想，均为《紫颜色》（*The Color Purple*）提供了有力的铺垫。

巅峰时期的创作

在酝酿《紫颜色》时，沃克的文学创作已进入成熟期，她希望自己的文学创作由对黑人个体历史的叙述，转而探讨美国黑人家庭的内部冲突，并思考有色族裔女性深受种族和性别压迫的文化根源。身在旧金山的沃克希望在那里寻找一个像佐治亚州的地方，随后租下一个小房子，以期让自己写作的环境与小说的历史背景相吻合，找到足够的创作灵感。安顿好以后，沃克谢绝了所有演讲和教学邀请，用朋友的捐赠买了几件旧家具，问母亲要了一个百衲被图案用于激发灵感，然后将自己所有精力投入《紫颜色》的创作中。

1982年，沃克的第三部长篇小说《紫颜色》横空出世，成为20世纪美国非裔女性文学史上继佐拉·尼尔·赫斯顿[1]、波勒·马歇尔[2]的作品之后的又一座高峰。当代美国著名文学批评家哈罗德·布鲁姆将艾丽斯·沃克誉为"一位完全代表了我们这个时代的作家"。

《紫颜色》由书信形式构成，其核心内容是西丽、耐蒂、索菲亚、莎格和玛丽·阿格纽斯等黑人女性的成长过程，其中又以女主人公西丽的经历为主线。沃克为读者描画了有色族裔女性在性别、种族压迫下充满卑屈、痛苦、挣扎、自立的人生画卷，塑造了一个最终战胜种族和性别双重歧视，并从单纯懦弱走向成熟独立的黑人女性形象。

1985年，《紫颜色》被拍成电影搬上银幕，导演是好莱坞大导演斯皮尔伯格，美国著名脱口秀主持人奥普拉·温弗瑞在电影《紫颜色》中出演索菲亚，著名黑人女星乌比·戈德堡出演西丽。2005年，《紫颜色》还被改编为百老汇的音乐剧上演，由美国知名的音乐剧演员拉尚兹领衔主演，并于2006年获得托尼奖的音乐剧最佳女主角奖项。

---

[1] 佐拉·尼尔·赫斯顿（Zora Neale Hurston，1891—1960），小说家、黑人民间传说收集研究家、人类学家，代表作《他们眼望上苍》。
[2] 波勒·马歇尔（Paule Marshall，1929—2019），美国非裔女性作家，曾获麦克阿瑟奖金，代表作《褐色女孩，褐砂石》。

从此,《紫颜色》成为沃克小说创作的巅峰代表。紧接着,1983 年,沃克又出版了她的文集代表作《寻找我们母亲的花园:妇女主义散文》(*In Search of Our Mothers' Gardens: Womanist Prose*)。该文集收录了艾丽斯·沃克从 1966 年至 1982 年所写的三十六篇散文式论文,由四个部分组成,这四部分的主题有大致的划分,彼此之间又有所重叠。第一部分由十篇论文组成,主要探讨美国非裔女性文学榜样和文学传统。第二部分由十一篇论文构成,主要围绕美国 20 世纪中叶风云激荡的政治运动,尤其是黑人民权运动展开。第三部分是该文集的核心,由八篇论文组成,聚焦于《寻找我们母亲的花园》之著名的"妇女主义"思想的主题。在第四部分中,沃克则追根溯源地表达了两个观点:第一,人类文明起源于非洲的母系社会;第二,女性在人类的起源和进化过程中起了主导作用。文集还对建构黑人女性文学传统和表述文化传统提出了一些补充性观点:"妇女主义观是对主流女性主义批评的补充和改写;妇女主义观明确指出了差异的女性观概念。"[1] 时至今日,《寻找我们母亲的花园:妇

---

1 艾丽斯·沃克《寻找佐拉》,选自文集《寻找我们母亲的花园:妇女主义散文》

女主义散文》仍是非洲流散妇女主义思想中最有影响力的文本之一。

艾丽斯·沃克的中期创作不仅帮助自己确立了文学地位，还赢得了美国主流白人文学批评界的肯定和赞许，也促使美国非裔男性文学评论家不得不重视起美国非裔女性文学的发展。20世纪80年代以后，以托妮·莫里森和艾丽斯·沃克为代表的一批美国非裔女性作家不断崛起，气势日盛，频频获奖。从文学考古到日常用品的象征追溯，从妇女主义到非洲流散妇女主义，沃克的文学思想几乎贯穿了整个美国非裔女性美学思想的发展流变。

巅峰之后

《紫颜色》和《寻找我们母亲的花园：妇女主义散文》出版后，名声大噪的沃克悄然结束了与罗伯特·艾伦的恋情，躲进了位于加利福尼亚的林中家园，与心爱的马匹和狗儿为伴，过起了离群索居的半隐居生活，整整七年时间没有作品问世。这两部作品不仅是沃克文学和文论的巅峰之作，而且在沃克的文学思想中也起着承前启后的作用。从此之后，沃克对黑人妇女的命运和妇女主义思想的思考，不再局限于黑人妇女与美国政治和社会的关系，而是转而聚焦于也应承担起对人类的责任。

1989年，沃克的第四部长篇小说《我亲人的圣殿》（The Temple of My Familiar）问世，连续四个月名列《纽约时报》畅销书榜单。小说采用杂糅文体、碎片叙事、文类并置等手法，借助不同人物的故事，描写和重构了非洲流散族裔的艰辛历史，挑战了白人中心论，颠覆了父权制思想。《我亲人的圣殿》在时间和人物上与《紫颜色》有部分交集，比如《紫颜色》中的西丽和莎格在这部小说中亦有出现，并获得了新的文学意义。

1992年，艾丽斯·沃克的第五部长篇小说《拥有快乐的秘密》出版。小说甫一面世就荣登《纽约时报》畅销书榜单。在非洲、中东、亚太地区、欧洲、北美诸国都曾存在女性割礼的习俗，这种戕害女性身体的仪式给千百万女性留下了难以磨灭的生理和心理创伤。小说围绕非洲女性割礼造成女性身心创伤这一主题，揭示了父权制视域下的女性割礼实质上是对女性进行压迫和剥夺女性享受性快乐、性权利的深层隐喻。小说的场景跨越非洲和美国，女主人公塔希正是《紫颜色》中西丽的儿子亚当的妻子，她的故事在《紫颜色》中耐蒂的信中曾被部分讲述。在非洲的奥林卡村，割礼被视作少女的成人礼，抗拒割礼的女孩会受人耻笑、无法婚配。塔希虽然眼见姐姐杜拉因割礼失血过多而死，却在成年后为了对白人入侵自己家园表示反抗，维护本民族的文化传统，而主动接受了割礼。之后塔希与亚当成婚，同耐蒂一行人离开非洲，移居美国。尽管亚当一直在试图帮助塔希治愈割礼给其带来的一系列心理创伤，但塔希美国黑人家庭的内部冲突，再延伸至非洲流散族裔妇女的共同命运。她认为，黑人女作家始终未能摆脱这些身心的折磨。在先后经历了身体创伤、夫妻疏离、生育困难、孩子智力受损等种种苦难后，塔希决心向当年为自己执行割礼的"桑戈"利萨妈妈寻仇。小说展示了塔希在亲友们的帮助下，不懈地思考与追寻，逐渐认清了割礼背后的文化心理和历史根源，经历了从自我迷失、异化，到内省后绝望反抗的人生轨迹。《拥有快乐的秘密》在时间、地点、情节和人物上都与《紫颜色》和《我亲人的圣殿》拥有一脉相承的关系，这种故事场景和小说人物的延续性唤醒了忠实读者的阅读记忆，带给他们如同故友重逢般的阅读体验。

随着沃克的后期作品一部又一部地问世，读者和研究者都注意到，沃克小说的情节渐渐弱化，人物的主体性渐渐模糊，而沃克本人在小说中的声音却越来越清晰，甚至带有一丝迫不及待的焦虑。她将这种焦虑放进了她的文学世界，化为了文学行动：时而是政治的呼喊，时而是伦理的教诲，时而是生态主义者的忧虑，时而是妇女主义者的自豪……关于美国黑人生命与身份的重建命题，沃克的目光从美国黑人逐渐聚焦到美国黑人女性，再扩散至全世界非洲流散女性，始终致力于描写黑人妇女遭遇的压迫与痛苦、获得的超越与成就。

行动中的革命者

艾丽斯·沃克保持着旺盛的创造力，她笔耕不辍、新作频出：1988年，她出版了第二本文论《与文共生：1973—

1987年创作选集》(Living by the Word: Selected Writings, 1973-1987)。1996年,沃克的第三本文论《两次蹚过同一条河:向困难致敬》(The Same River Twice: Honoring the Difficult)面世。1998年,沃克的第六部长篇小说《父亲的微笑之光》(By the Light of My Father's Smile)问世。2000年,沃克的带有散文体和自传体特征的小说《带着一颗破碎的心前行》(The Way Forward Is with a Broken Heart)出版。2004年,她的第七部长篇小说《现在是敞开心扉之际》(Now Is the Time to Open Your Heart)出版。2013年,沃克出版了她的第四部文论《铺在路上的缓冲垫:冥想录和漫游》(The Cushion in the Road: Meditation and Wandering as the Whole World Awakens to Being in Harm's Way),以及一部诗集《世界将追随欢乐:把疯狂化为花朵》(The World Will Follow Joy: Turning Madness into Flowers)。

  作为一名黑人女性革命艺术家,艾丽斯·沃克拥有超凡的文采和自由独立的精神。她用富于变化的文学风格和体裁,书写了美国非裔民族和非洲流散民族的情感:由早期现实主义人物的强大精神力量,到中期美国非裔女性文学独特的美学特征,再到后期对非洲流散女性群体和人类命运的关注……在沃克的心里,所有艺术都是在创造性地完成一段段心灵的成长,都是为了获得一种生存状态,一种生活方式,这种追求与肤色和种族无关。从沃克浩瀚的文字里,我们看到的不仅有她的天才,更有她的人性温度;不仅有她的勤奋和勇敢,更有她身为作家的民族使命和职业使命。所有这些品质,最终成就了美国非裔文学史上第一个立志将文字化为行动的女性革命艺术家。

作为一名行动主义者,艾丽斯·沃克坚定不移地致力于推进社会公正、种族平等和性别平等,反对战争以及呼吁和平。2003年3月8日国际妇女节当日,沃克与数千名抗议者集会抗议美国政府参与伊拉克战争,并因跨过了白宫门前的安全线,与另外二十六名抗议人士被捕。之后,沃克就此事接受采访,充分表达了对深受战争威胁的伊拉克妇女生存状况的关切。2008年,奥巴马当选总统,沃克通过杂志《根》(The Root)的网页版,在线发表了《致贝拉克·奥巴马的公开信》,阐述了她为黑人同胞取得国家最高政治职位的自豪感,希望奥巴马吸取非裔美国人遭受歧视的历史伤痛经验，呼吁并期盼整个世界的和平与大同，这也是艾丽斯·沃克文学思想的终极追求。

谭惠娟

2023 年 4 月 13 日于杭州

献给穆丽尔·鲁凯泽和简·库珀,她们听到了未闻之声,
献给卓拉·赫斯顿、内勒·拉尔森、让·图默这三位奇才。

献给爱琳,无论你在哪里

目　录

罗斯莉莉　　　　　　　　　1
"真的，恶有恶报吗？"　　　10
她亲爱的杰罗姆　　　　　　28
深爱"女娃"的男孩　　　　42
日常用品　　　　　　　　　56
汉娜·肯赫弗的复仇　　　　74
迎宾桌　　　　　　　　　　100
浓马茶　　　　　　　　　　108
侍奉上帝　　　　　　　　　121
一位非洲修女的日记　　　　138
那些花儿　　　　　　　　　146
我们在法国喝着红酒　　　　149
让死亡见鬼去吧　　　　　　159

沃奴玛安慰着女儿，但麻烦不断。女儿阿霍罗尔不受控制地哭泣。过去一年来，女儿频繁地无缘无故地抽泣，打扰着母亲。当有人问她为什么哭时，她不是哭得更厉害了，就是立刻和那个人翻脸吵架。不哭闹的时候，她尽显聪明，也很尽责。在哭闹的间歇，她表现出天真烂漫、活泼好动的特点，她自编的笑话更是朋友们生活中不可或缺的一部分……但令人震惊的是：阿霍罗尔虽然聪明，有时也会陷入非理性的执念而拒绝听取任何不同意见，至少在一段时间内是这样的。她的父母把这一切归咎于她受到阿格巫——她的个人之灵的过度影响。父亲阿尼卡尽了最大的努力，但阿格巫的影响不可能瞬间消除。事实上，它永远不会被完全消除。每个人都时不时地受到个人之灵的影响，只是，少数像阿霍罗尔这样的人特别不幸，因为他们的灵魂非常麻烦。

阿霍罗尔在出生八天的时候就和埃克武穆订婚了。

——埃莱奇·阿马迪《小妾》[1]

---

[1] 埃莱奇·阿马迪（Elechi Amadi，1934—2016），尼日利亚作家，代表作《小妾》(The Concubine)，讲述了尼日利亚一个偏远村庄的女性故事。——译者注（本书若无特别标注，均为译者注）

……人们习惯寻求简单的解决方案,然后在简单方案中寻求最简单的面向;但很明显,我们必须面对困难,自然界中的一切事物都以自身的方式成长并捍卫自己,形成自发的特点,不惜一切代价对峙异己,追求自我。

——赖内·马利亚·里尔克《给青年诗人的信》[1]

---

[1] 赖内·马利亚·里尔克(Rainer Maria Rilke,1875—1926),伟大的德语诗人。《给青年诗人的信》(*Letters to a Young Poet*)是里尔克在1903至1908年间写给渴望成为诗人的青年卡卜斯的十封信。

罗斯莉莉

亲爱的，

她在做梦；梦里她穿越世界。一个小女孩，身着母亲的白色长袍，佩戴面纱，因身形矮小，膝盖刚到婚纱的腰线部分，身体穿过婚纱时，仿佛触及一碗流沙，岌岌可危。站在她旁边的那个男人正对着她房子前廊的站台，满脑子都是61号高速公路上嗡嗡作响的声音。

我们相集在这里

就像棉花要被称重一样。在最后一刻，她用手指忙着除去干燥的树叶和树枝。她意识到这是表面的清扫。她也察觉到，在他的眼中，院子里男人们抬头张望时的恭敬姿态，女人们站立等待时的自作聪明，孩子们在异教指引下的蹑手蹑脚，眼前所有这一切都是密西西比州之过。他的视线越过他们，投向汽车里的白人，他们全神贯注地听着婚礼誓词，当然，这种关注已然超越了乡村婚礼能够赋予的誓词的意义，他们像赛道上的狗一样，伸长了敏锐的鼻子，去嗅婚礼的各种气息。在他看来，他们篡夺了婚礼。

在神面前

是的，开放状态的房子。这就是乡下的黑人喜欢的东西。她梦想自己还没有三个孩子。她用力挤压手中的花朵，这一压就窒息了分别为三年、四年和五年的生命。想到这儿，她感到惭愧和害怕。她首次将目光投向牧师，眼神中不自觉地携带着羞愧之情，仿佛相信这位牧师是神的使者。她想象着，上帝，一个黑人小男孩，胆怯地扯着牧师燕尾服的衣角。

见证这个男人和这个女人的

她想到了绳索、铁链、手铐和他的宗教信仰。他的礼拜场所。在那里，她被要求与男人们分开而坐，并遮盖头部。在芝加哥，当他对"灰渣"这个词进行描述时，她想到的是类似的名词——"烟雾"，在潘瑟伯恩[1]，她对这个

---

1 位于美国密西西比州。

词闻所未闻。在自家前院，她甚至看到黑色斑点从天空掉下来，紧贴着衣着干净的邻居头部悬停。但是，同样在芝加哥，才有机会获得尊严。在芝加哥，孩子们才有机会逃离命运的车轮，过上上等的生活。这是怎样的解脱，她想。过上上等人的生活，该有多棒。

神圣婚礼。

她把第四个孩子交给了孩子的父亲，因为他有钱，有一份不错的工作，曾去过哈佛。他是个好人，但身子很虚弱，由于文雅的言辞对他来说意义重大，他无法与罗斯莉莉住在一起。他不能忍受有人在客厅里看电视，不能忍受在三个房间里放五张床。除了星期天下午四点到六点，他不能忍受屋里没有巴赫钢琴曲。除此之外，他还不能忍受屋里没有国际象棋。她不免为儿子在他父亲朋友圈中的处境而担心。她想知道新英格兰的气候是否适合他；他是否也会像他父亲一样南下密西西比州，加入民权运动，尝试纠正这个国家的偏见和错误；他是否会比他的父亲更坚强。他的父亲在她整个怀孕期不断哭泣。他忧心忡忡，频繁遭受噩梦侵扰，甚至从床上掉了下来。他还曾试图自杀。后来他告诉自己的妻子，他通过朋友找到了孩子，那个孩子确定无疑是自己的血脉。

抱怨不是她的天性。当然，她并不完全感恩。她认为新英格兰，或者说北方，是与她所了解的区域完全不同的地方。在她看来，搬到那里生活后回来的人完全变了。她想到了空气、烟雾和灰渣。想象着冰雹大的灰渣沉甸甸地压在人身上，真是好奇这种压力是如何渗透到人的血脉中，将欢乐挟制住的。

如果在座的任何人知道有什么理由

但是，当然，他们不会知道是什么理由，那是他们平日所无法了解的。她想到将要成为自己丈夫的那个男人。他那件朴素的黑色西服显得僵硬又严苛，让她感觉生疏而有距离。这种距离不仅仅是对他，还有他的宗教信仰。一生只穿黑白色的长袍。头部始终佩戴头纱。她的孩子好像已经离她而去。她没有死，只是像被高高搁置在没有根的茎秆上。她想知道如何重新扎根。这个问题超出了她理解的范围。她想知道如何处理全新生活中的记忆。在她把它当作一个问题之前，这似乎很容易。"在座的任何人……理由……"她继续思考，却并不想知道这种想法到底从何而来。

令这两个人不应该结合

她想到了已经去世的母亲。虽然已经去世，但仍然是她的母亲。结合。真是令人困惑。还想到了自己的父亲。父亲是一位有着花白头发的老人，他把野貂、兔子、狐狸皮卖给西尔斯罗巴克公司赚取生活费。他常常站在院子里，就像一个在等火车的男人。她的年轻姐妹们穿着丝滑的绿色裙装站在她身后，手里捧着花，头上也别着花。她感觉，她们正咯咯地嘲笑着婚礼的荒谬。她们为新状况做好了准备。她觉得旁边的男人应该娶她们其中的一位。她显得太老了。她的思想似乎被上了轭套。仿佛有一只手臂从她身后伸出，抓住了她，将她向后拖拽。她想到了墓地，想到了已在尘土中漫漫长眠的祖父母。她认为自己是相信幽灵的。人们会在生命结束时回馈大地。

在一起，

在城市里。他以新的眼光看待她。这一点，她知道，也很感激。但这种眼光真的不一样吗？她不可能永远是身着长袍和面纱的新娘和处女。甚至此刻，她已经渴望摆脱绸缎和薄纱，蝉翼纱和铃兰的味道。回忆几乎将她碾压。那是暴露在阳光下的记忆。那时，她在想未来的生活会是什么样子——不用去工作。不用在缝纫厂工作。不用担心怎么在工人的工作服、牛仔裤和正装裤子上缝直缝。她的角色是在家里，这一点，他反复提及——在家里，并保证她会有她所渴望的休息时间。但是现在她想知道，当她休息时，她会做什么？他们会有孩子。她很现实地想到了她棕色的身体和他强壮的黑色的身体。他们会有自己的孩子，这是注定的。她的双手会被满满地承载。承载什么？当然是孩子，但是，她并没有感到安慰。

请让他说出来

她真希望自己能请他更多地解释明白他的意思。但是她却急不可耐。她急着完成缝缝补补的活，急着独自照料三个孩子。急着离开她从小就认识的女孩们，她们的孩子长大了，她们的丈夫在她身边纠缠，尽管她已人老珠黄、无精打采。对他们，她没有什么是想要或是需要的。她孩子的父亲开车经过，有时会挥挥手，有时不会。一次次地提醒着她想起自己那些将要忘记的时光。她急着看看南区是什么样的，他们将在那里生活、筑造，成为令人尊重的人，并享受尊重和自由。她的丈夫将给予她自由。耳边是浪漫的嘘声。求婚。承诺。新生活！可敬的、重生的新生活。自由！穿着长袍，佩戴面纱。

或永远保持

她甚至不知道自己是否爱他。她喜欢他的清醒。他拒绝唱歌，仅仅因为他知道这首歌。她喜欢他的骄傲。他黑黢黢的身体和他灰色的汽车。她喜欢他对她熟稔于胸。对于他为把她重塑为他所喜欢的样子而所做的努力，她想她也是喜欢的。他对她的爱使她彻底意识到自己过往生活中爱的缺失。尽管这种意识使得她深陷悲痛，但是，这是事实。深感悲哀，她眨了眨眼。此时，她意识到自己终于像其他女孩一样结婚了。像其他女孩，还是女人？她感觉眼睛后面，似乎有某种东西在向上拉动。她想象它是一只被困的老鼠，处于窘境，急促地来回逃窜，透过她的眼睛之窗向外窥视。她想活一次。但并不知道那意味着什么。她想知道她是否曾经活过或者未来能否活一回。她讨厌那个牧师，想用手背把他从她的视线中赶走。在她看来，他似乎一直就站在她面前，挡着她的去路。

沉默。

其余的她听不到。在这一片混乱中，她感到了一个热烈而激动的吻。汽车鸣着喇叭开了起来。鞭炮响了。狗从房子底下跑出来，开始吠叫起来。她丈夫的手就像铁门的扣环一样有力。人们表示祝贺。她的孩子们紧靠着她。他们看着他们的新父亲，眼神中混杂着敬畏、厌恶和希望。他奇怪地站在一边，尽管人们拥挤着去和他握手，他却一直保持着距离。他向大家微笑，但他的眼神是向内的。他知道：对于他不是基督徒这件事，他们无法理解，他也不愿解释。他感觉自己与众不同，看起来也确实如此。年长的女人们觉得他像她们的儿子，只是不知怎么，他从她们身边跑掉了。还是儿子，但陌生了，改变了。

　　她坐在银灰色的车里，想着晚上会是什么样子。他们将如何在夜色中穿越密西西比，在早上到达伊利诺伊州的芝加哥。她想到了林肯，这位总统是她对那个地方的全部了解。她觉得自己无知、错误、落后。她忧心忡忡地把手指按在他的手掌上。他站在她的前面。在祝福的人群中，他没有回头。

"真的,恶有恶报吗?"

(默娜)

1961年9月

第118页

我坐在窗边,房子是三十年期抵押贷款买的。我一边在笔记本上写着字,一边看着我用赫莲娜[1]牌子的护手霜精心保养的手。为什么能有这样一双精致的手呢?毕竟我不是个真正的作家,我不用咬掉我的指甲,更不用把我的手指咬得凹凸不平,像锯齿一样。我可以随心所欲——尤其是对我的手——用草本精华浸泡指甲,涂指甲油,抹护肤液,用护手霜。就这样才保养出了一双真正精致漂亮的手——芳香馥郁,小巧精致,柔软漂亮。

在纸上刚写到一行"真的,恶有恶报吗?",我举起这双手,顺着衬衫前襟(我穿着一件有褶边的衬衫)缓缓地

---
1 Helena Rubinstein:赫莲娜·鲁宾斯坦女士1902年创立的美容品牌。

向上触到喉咙，栀子花的香味沁在发间。如果我伸展开四肢或是转一圈，即便只有一瞬，我身上的甜腻香味都会浓到让人难以忍受。但这样的香味也让我完美地融入了周围的新环境：就像一罐冷霜化开在梳妆台上。

第119页

"我有个惊喜要给你。"鲁埃尔说着，他头一次带我来这儿。你也知道每次他咧着嘴笑的时候我感觉有多恶心。

"什么惊喜？"我问着，却毫不关心。

我们就这样开车去了那幢房子。四室两卫，非常漂亮。

"是不是很漂亮？"他问着，没有碰我，而是用他那虚伪又热情的声音催促着我下车。

"嗯。"我应着，是很"漂亮"。这座房子和南方随处可见的新房子如出一辙。砖块就像一堆堆生肉块；屋顶下压着，仿佛一顶铁制的草帽。窗户间挨得很近，就像一双双发亮的眼睛；房子上的铝制品在太阳下闪闪发光。院子仿佛是一条长长的没有包扎的伤口，为数不多的几棵树也像卡在泥饼里的发卡一样，光秃秃的，没有叶子。

"确实,"我回答说,"确实很漂亮。"他满面笑容,冷漠却又令人安心。我很惊讶他没有继续穿那种军装制服,但他确实没有。他以英雄的身份从朝鲜归来,痴迷于各种甜美的香味。

他说:"在这儿,我们可以忘记过去。"

第120页

我们搬进了新房子,还添置了些新家具。这地方满是新房难闻的气味,绿色的墙壁让我恶心。他站在我身后,用手抚摸着我的发梢。我拿起梳子梳理,把他的手从我头发上梳走。我身上非常甜腻,就算是他(尤其是他)都不会再想触碰。

我不想忘记那些过去;但我像鹦鹉学舌一样附和着说"好"。"我们会在这把过去都忘了。"

"过去"当然是指末底改·里奇。鲁埃尔认定,就是这个男人导致了我的崩溃。那段"过去"是我试图用鲁埃尔的一台链锯杀了他的那晚。

1958 年 5 月

第 2 页

末底改·里奇

  末底改不相信鲁埃尔·约翰逊是我丈夫。"那个老头。"他以一种嘲讽又残忍的口吻说着。

  "鲁埃尔不老,"我说,"他就是看起来显老。"我心里想着,就好像你也是看起来很年轻,其实你可能不比鲁埃尔年轻多少。

  也许只是因为末底改是个流浪汉,胡乱地写些对南方的印象,我们不知道他从哪儿来,更不知道他要去哪儿……而鲁埃尔从来没有离开过汉考克县,除了他英勇奔赴战场的那次。他说旅行拓宽了他的视野,尤其是他那两个月的欧洲假期。他娶我是因为,虽然我的肤色是棕色,但他认为我看起来像个法国女人。有时他还会说我看起来像个东方女人,韩国人或日本人。我只能安慰自己,随着年龄的增长,我们家族的肤色都会越来越深。也许有一天,他从床上醒来,只会看到一个彻头彻尾的陌生人。

"他在店里工作，"我说，"还种了一百英亩花生。"毋庸置疑，这当然是种成功。

"那么多。"末底改若有所思地说。

我告诉他我丈夫是做什么的并不是因为骄傲，而是因为这是我向他介绍自己的一种方式。

第4页

今天末底改回来了。他讲了个又好笑又悲伤的故事，说镇上一个男人打动不了他的妻子。末底改笑着说："他气急败坏，也无济于事。"后来有天晚上，他偷偷溜进她的卧室，却听到她欢快的哭声。他冲进房里，发现他的妻子竟躺在另一个女人的怀里！妻子平静地穿上衣服，又开始收拾行李。丈夫苦苦哀求，向她承诺："你想要什么都行。"他央求着问："你想要什么？"妻子轻声地笑，又抑制不住地大笑，随后就和她的朋友离开了房子。

现在那个丈夫每天买醉，盼着法令能通过。他也说不清盼着那条法令是为了反对什么，但他总是强拉着别人说："我就想那个该死的法令能通过！"知道这个故事的人拿他开玩笑。他们同情他，所以给他足够的钱让他一直买醉。

第 5 页

我觉得末底改·里奇的心肠和吃土的癞蛤蟆差不了多少。就算他能逗我笑，我也知道任何人都不应当用那种冷漠的眼神去看待别人的困窘。

"但我就是那样的人，"他说着，一边翻着他潦草的便签本，"我就是有着这样一双冷漠的眼睛，但这双眼睛追寻美丽，追寻真理。"

"为什么不去追寻些别的东西呢？"我想知道，"比如不去寻找美丽和真理，而是去寻找那些在人们的生活中事情早已不符合常理的地方。"

"那也太模糊了。"末底改皱着眉说道。

"真理也是，"我说，"更不用说美丽。"

第 10 页

鲁埃尔想知道为什么这个"骨瘦如柴的黑人流浪汉"——

这是他称呼末底改的方式——一直在附近徘徊。我犯了个错误，告诉他末底改想把我们的房子作为他一个南方乡村故事的背景。

我说："末底改是北方人，他从没见过厕所在院子里的木屋。"

"好吧，也许他最好从哪儿来回哪儿去，"鲁埃尔说，"用他习惯的方式拉屎。"

鲁埃尔的自尊受了伤。他为这所房子感到羞耻，但我觉得这房子正好。他说，总有一天，我们会有一栋新房子，用砖砌成，带着日式浴室。我怎么知道为什么？

第11页

我告诉末底改鲁埃尔说的话时，他笑了笑，那双眼睛像蛇一样，问我："那你介意我在附近逗留吗？"

我不知道该说些什么，结结巴巴的。不过不是因为他的问题，而是因为他把他的手放到我的左乳头上，另一只手则深深插入我的头发里。

我对他说："我的婚姻比你这样的小男孩想象的要彻

底得多。"但我不指望这能阻止他,尤其是自从他发现我想当作家之后。

事情是这样发生的:屋后小溪边,有片葡萄架是被掩映在树荫下的,当时,我正在那儿写作。我还没来得及放下本子,他就出现在了我的面前,一把从我手里抢过信读了起来。更糟糕的是,他读得还很大声。我尴尬得简直想死。

"我的妻子不会用那些愚蠢、粗俗的东西让我难堪。"末底改读道。(这是鲁埃尔对我写作的看法。)每次他跟我说我想写故事是多么奇怪时,他就会提起生孩子和购物,就好像这些事都一样,都只是为了打发时间而已。

"如果你有空,"他今天说,"为什么不去城里那家新开的商店买点东西呢?"

我去了。我买了六种面霜、两支眉笔、五件睡衣、一顶长假发、两根修容棒和一大罐唇彩。

我一直在为我写的上一个故事而悲伤。概述——这是我目前所想出的故事——在胚胎阶段就已经死了。我的手因怯懦而静止,我的心是颗奴隶的心。

第 14 页

末底改当然想看这个故事。不过就算给他看了,我又能损失什么呢?

"你看吧,"我说,"这是一个故事的大纲,不过也许有一天我会把它写出来。"

"独腿女人。"末底改开始大声朗读,然后又默不作声。

故事的主角是几个贫穷的奶农。一天早晨,丈夫因宿醉未醒不能去挤奶,他的妻子就去替他。正当她完工时,母牛被雷声吓得惊慌失措,四处乱窜,踩伤了她。她的一条腿也被钩住,伤得很重。她丈夫睡着了,听不见她的呼喊。最后,她拖着疲惫的身子回家叫醒了他。丈夫为她清洗了伤口,恳求她的原谅。他没去找医生,因为他害怕医生会指责他懒惰还酗酒,不配有这么好的妻子。他想让医生尊重他。他的妻子理解了,也同意了。

然而,伤口逐渐长出了坏疽,医生来了。他教训了丈夫,切除了妻子的一条腿。妻子活了下来,并试图原谅丈夫的软弱。

她养病期间,丈夫试图表达自己对她的爱,却看不得她那空洞洞的裤腿。等她康复后,他发现自己没法再和她做爱了。妻子感觉到了他的嫌恶,意识到她的牺牲徒劳无益。最后拖着自己的身体到谷仓上吊自杀了。

这位丈夫觉得让别人知道他娶了一个独腿女人实在羞愧,就一个人把她埋了,告诉所有人她回家探亲去了。

末底改读这故事的时候,我正望着远处的田野。我心里暗自想着,如果他对我写的东西说一句好话,我就跟他上床。(不然我还能怎么报答他呢?对于我,唯一能取予的就是那些冷霜罐!)他仿佛看透了我的心思,在我旁边的座位坐下,用一种奇怪的眼神看着我。

"你想的都是这样的事吗?"他问道。

他把我抱进怀里,就在葡萄架下。"你确实有很多浓密又性感的头发。"他一边说着,一边把我轻轻地放在地上。然后,奇迹一般地,在末底改的触碰下,我的身体像花一般绽放。这种感觉陌生又奇妙。因为我不认为这和爱情有什么关系。

第 17 页

在那之后,末底改开始夸赞我的智慧、我的敏锐、我作品的深度——自然而然地,我把曾写下的所有文字都拿给他看:有的是高中时写在旧报纸上的,有的是后来写在谷仓油布下的笔记本里的,还有的是随意写在纸袋上、餐巾纸上、水槽纸架上的。我很惊讶,甚至比末底改还要诧异,我居然写过这么多东西。这些二十多年的珍贵贮藏,可以轻易填满一间棚屋。

"你必须把这些给我,"末底改最后说,手里拿着他从那堆相当凌乱的笔记本中挑选出的三本,"我要看看我能不能为它们做点什么。或许你可以成为另一个佐拉·赫斯顿[1]——"他微笑着说,"成为另一个西蒙娜·德·波伏娃[2]!"

我当然受宠若惊,痛哭着说:"拿去!你拿去吧!"我早已像他那样看待我自己了。一个著名的女作家,远离鲁埃尔,离任何人都远远的。我穿着工装裤,双手乱作一团,

---

1 佐拉·尼尔·赫斯顿(Zora Neale Hurston,1891—1960),20 世纪美国文学的重要人物之一。她是小说家、黑人民间传说收集研究家、人类学家,代表作为小说《他们眼望上苍》。
2 西蒙娜·德·波伏娃(Simone de Beauvoir,1908—1986),法国存在主义作家,女权运动的创始人之一,代表作为《第二性》。

身上有汗味,但我能感到那些汗珠都闪烁着幸福的光芒。

"这么漂亮的棕色手指怎么能写出这么丑恶、深奥的东西?"末底改问着,一边亲吻着我的手指。

第 20 页

整整一周,我们一拍即合,默契十足。就算鲁埃尔知道了(他怎么可能不知道?他的床单从来没有干净过),他也什么都没说。我现在才知道他从来没觉得末底改会构成什么威胁。因为除了他那瘦削的身躯和滑稽的谈吐,末底改似乎没什么别的东西值得注意。我幸灾乐祸地看着他的自以为是。现在,鲁埃尔会发现,我不是一个可以被日本浴缸和疯狂购物轻易收买和哄好的、没脑子的子宫。我解脱的时刻就在眼前!

第 24 页

末底改今天没有来。我坐在葡萄架里写下这些字,我的喉咙开始收缩,整个人都因恐惧而感到窒息。

第 56 页

后来的好几个星期我都失魂落魄。不为鲁埃尔，也不为这幢房子。所有的东西似乎都在低声提醒我，末底改已经把我遗忘了。昨天鲁埃尔叫我不要进城，我答应了，因为我会一直在街上寻找末底改。人们用那种奇怪的眼神看着我，他们的目光来来回回，就好像在我脸上看到了什么让人尴尬的东西。他们都知道我和末底改的事了吗？美好的爱情这么快就暴露了吗？但其实不是。他离开的时间已经比我们认识的时间还长了。

第 61 页

鲁埃尔告诉我，我的大脑好像陷入了长眠。确实，它是睡着了。除非末底改来信让我收拾行李飞去纽约，否则什么东西都不能再让它清醒过来。

第 65 页

如果我当时能读一下末底改的草稿本，或许我就能知道他对我是什么看法。但现在我意识到，他从来没有给我看过他的本子,尽管他可以看到我笔下表达的所有想法。我有点害怕知道他是怎么看待我的。我感觉自己好像残败不堪,畸形难愈。但如果他把对我的想法写下来,或许我的感觉就是真的了。

第 66 页

今天,鲁埃尔把我从葡萄架下带回家里躲雨。那会儿我还不知道外面下雨了。他开玩笑说:"像我们这样的老人要是不小心可能会得风湿病。"我不知道他是什么意思。我三十二,他四十。在这个月之前,我从未觉得自己老过。

第 79 页

昨天晚上,鲁埃尔上了床,还在我怀里哭了!他说他想要个孩子,让他做什么都行。

他问我:"你觉得我们能有个孩子吗?"

"当然了,"我回答说,"怎么不行?"

他开始吻我,继续说我的好。我笑了,他很生气,但还是亲吻了我。他真的很想要个孩子。

第 80 页

我必须想个比自杀更好的办法。

第 81 页

鲁埃尔想让我去看医生,这样我们更可能有个孩子。
"你会去吗,宝贝?"他像个乞丐一样问着我。
"当然了,"我回答说,"怎么不会?"

第 82 页

今天,在医生的办公室里,我恰巧看到一本已翻开的杂志,翻开的那页上面是一则关于独腿女人的故事。他们还附了一张她的画像,画画的人把奶牛涂成橙色和绿色,把女人涂成白色,像一块白色的饼干,还给她画了一双蓝色的小眼睛,不像我的故事里那样又黑又胖。但它确实还是我的故事,随着故事的发展,情节有了补充和改变。据说作者是末底改·里奇。最后有一张他的小照片。他看起来很严肃,还留了胡子。在他的照片下面是他也对我说过的那些关于四处寻找真理的话。

他们说里奇的下一本书叫《黑人女性对艺术创造力的抗拒》。

第 86 页

昨天晚上,鲁埃尔在床上打呼噜的时候,我把他在我身上留的印记都洗掉了。然后我给他的一把链锯插上电,想把他的头切下来。后来因为声响太大,失败了。鲁埃尔醒得正是时候。

第 95 页

日子在阴霾中度过,不过也不算不愉快。医生和护士没把我当回事。他们给我灌足了药,连门都不锁。每当我想到鲁埃尔的时候,我就会想到英国人唱的那首歌:《不列颠万岁!》,我甚至可以用口哨吹出这首歌,或者用手指弹出来。

1961 年 9 月

第 218 页

　　人们总是告诉我丈夫，我看起来并不疯。我出院已经近一年，他开始相信他们的话了。晚上，他总是爬上我的床，看起来充满渴求和希望，还诅咒着末底改·里奇毁了他的生活。我不知道他是否感觉到我们的意志在黑暗中的冲突。有时我看见火花在脑海里飞舞。一切看起来都那么正常，简直让人惊叹。

第 223 页

　　这幢房子里还是没能传出让人感到甜蜜的蹒跚学步声，因为我一直在服用避孕药。每次我吞下那片黄色的小药片，然后用汽水或茶就着喝下去的时候，都是我一天中最快乐的时候。鲁埃尔大部分时间都在商店或是花生地里。他满身是汗，又脏又累。我等着他，身上喷着"永恒之音""我之罪""风之歌"或是"丛林栀子花"的香水。社区里的女人都替他感到难过，因为他娶了这么一个毫无价值的女人。

我的四肢完好无损，等待着他，为他准备着晚餐，仿佛我的人生都依赖着这些事。我在床上也毫不反抗，仿佛一具被冲上岸的溺死的尸体。但是鲁埃尔并不高兴。因为他现在知道，我除了说"是"什么都不想做，直到他筋疲力尽。

现在我每天都要去两次那家新开的购物中心，早上一次，下午或者晚上一次。我会买很多帽子，但我从没想过要戴或者拥有它们。裙子已经被送去给慈善机构了。鞋子也在地窖里发霉了。我还保存了几瓶香水、柔肤水，几罐唇彩和眼影，自娱自乐地画着自己的脸。

等到他实在厌烦我的时候，我会告诉他我用了多久的避孕药。等我实在厌倦了身上这种甜美的气味和精心保养的双手时，我就离开他，离开这幢房子。永远离开，绝不回头。

她亲爱的杰罗姆

她买给他的领带就挂在柜门上，柜门因为她一次又一次猛烈的撞击而敞开着。这些领带很漂亮，一些上面是手工绘制的小鸟和身穿草裙跳舞的女人；一些上面是小的波尔卡圆点，间或散落着较大的圆点；剩下一些是红色的，更多的是红绿相间的，还有一条是紫色的，上面有一颗金色的星星，星星中间别着他的金色海军领带夹。床上扔着他的三套西装、一条蓝色斜纹工作裤和一件带口袋的灰色连帽旧毛衣。三套西装中：第一套是淡蓝色的，两边开衩；第二套是金色的，带有绿色的斑点；第三套是淡红色的，配有一件银色的仿丝绸马甲。她查看了他的黑色皮夹克的口袋，昨晚他穿这件衣服时显得不情不愿。夹克的皮质很薄，湿湿地贴在她手上，夹克的口袋有些外翻，里衬露在外面，像是瘦弱胆小的老鼠。口袋空空如也。西装和夹克都是她买给他的。她缓缓躺在床上，手指揉搓着床上这一堆衣服的口袋，显得很焦虑。先是那一套淡蓝色的西装，然后是金色的、带绿色斑点的那套，接着是淡红色的那套，这也是他最不喜欢的一套。不过他有时愿意穿这套淡红色西装，前提是她同意待在家里，或者她保证在他穿衣服的时候绝对不碰他。

她是一个身材壮硕的女人，骨架很宽，身上的肉僵硬得像是橡胶，胳膊短短的，连接着她那火腿般的手掌，脖子也是又短又粗，像是头下凸起的肿块。她的皮肤粗糙又肿胀，脸颊以下的雀斑让她看起来像只肿胀的鼹鼠。她的眼睛在高耸的额头下显得咄咄逼人，眼眶周围涂满了昂贵的紫色眼影。当她梳头或聊天时，间或惊慌失措或者飞快地瞥一眼什么东西时，眼睛快速地转动着，看起来尤其焦虑。

她的麻烦显然是从爱上一位勤勉又安静的学校老师开始的。这位老师就是杰罗姆·富兰克林·华盛顿三世，比她小十岁。因此她告诉自己不能和他在一起，他太小、太可爱、太年轻了。不过，当她想到他是学校老师之后，她就开始变得心神不定。她幻想着："我就是杰罗姆·富兰克林·华盛顿三世的太太，这就是事实！"

她有一家小美容店，就开在她父亲的殡仪馆背后，大家都说他们是"有钱的有色人"。虽然她不怎么喜欢自力更生，但她自己赚了很多钱。大家都知道她父亲在世的时候是不可能给她一分钱的。她很自豪自己从来没有向父亲开口要过钱。不过当父亲听说她要嫁给一位学校老师的时候，他的态度一下子缓和了许多。毕竟，这个家里都是从事丧葬行业或者贩卖私酒的人。但是，她迅速地与家人撇清了关系，她说她一个人关心杰罗姆就够了。她从在小镇另一边开店的老太太那里学会了做头发，自豪地声称能够自力更生，并且能比很多人做得更好。她喜欢用蹩脚的英语和学校的老师们（女老师们）吹嘘说自己接受了良好的教育，说自己和那些既没有学问又没有钱的人是不一样的。她不喜欢女老师们，因为在她和杰罗姆·富兰克林·华盛顿三世结婚之前和之后，杰罗姆都只愿意和这些女老师交谈。

她第一次看到他的时候，他怀里抱着一摞书从她的店门前路过，外套随意地搭在胳膊上。他看起来又干净又可爱。她忽然想到，如果他是她丈夫的话，她要给他买一辆可爱小巧的红色汽车。在他们结婚之后，她努力工作，贷款买了这样的车给他。但是，她发现他并不怎么喜欢这辆车，或许因为这只是一辆雪佛兰。她立刻开始攒钱，以便能分期付款给他买一辆全新的白色豪华版别克汽车，能够自动驾驶，带有白壁轮胎。

杰罗姆风度翩翩，充满绅士气质，这一点有目共睹。这句话是他们结婚之前她告诉别人的。事实上，从那时起，杰罗姆就总是把她打得青一块紫一块，所以你每次看到她，她都像在展示自己的"不同色调"。她一开口，他就会皱眉，假装受不了。他会把她赶出房间，不让她和自己说话。她试着变得性感时髦，表现出对于彩色塔夫绸和橘黄色鞋子的特别钟情。夏天，她花二十美元买了几顶大的伞帽，上面装饰着蝴蝶结和花朵。在穿黑白色衣服的时候，她会戴胳膊肘长度的红色缎面手套作为提亮。早上醒来的时候，她无法确定自己和镇上其他女孩相比谁更漂亮。不过，当她做好了一桌子早饭时，她就会确信：她和别的女孩儿一样漂亮。她说话的时候，粗糙的、带着浓密汗毛的厚嘴唇总是显得很夸张；喝咖啡的时候，她会翘着兰花指端茶托和杯子，同时，两条短腿上下重叠跷起二郎腿，腿毛清晰可见。

星期天早晨，她穿着高跟鞋、晃晃悠悠地小步走去教堂，头发油腻而卷曲在一起，新裙子在束腰上面凸起一块，此时如果她的丈夫嘲笑这双高跟鞋的话，她会假装他的眼神是在表示赞美。其他时候，她的丈夫根本不屑于从书中抬头看她一眼，只会在她试着亲吻告别的时候咒骂几句，她也不知道自己该做何表情。但是，在公共场合，她的举止是非常庄重得体的。

"亲爱的，我真不知道那些女人是怎么忍受这一切的。"她缓慢地说着，优雅地抬头转向另一边。"我丈夫不会做的一件事情是，"她庄重地宣布，"他不会打我！"说完她向后一坐，以油腻的姿态满意地笑了。通常来说，她的听众都是为了剪头发不得不坐在椅子上的女人们，顶着湿漉漉的头发，听到这些只会笑一笑，同情地点点头，彼此会意或者看着她黑色的眼睛，说道："你说他不打你？呃，好吧，你还是闭嘴吧。"这时她会继续给顾客卷头发、按摩或者拉直她们的头发，同时整理表情以显得庄重，但这总是招致嘲笑。

2

她第一次听到别人咯咯的嘲笑、看到他们假笑的面孔时是在她的美容店里。在工作的过程中,她听到了许多流言蜚语。一个女人告诉她:"你那个可爱的老公正在吃别人做的馅饼。"她并不惊讶,也不能表现得惊讶,因为她看出了那副面孔中的嘲弄和洋洋自得,因为她早就意识到丈夫已经很久不碰她做的馅饼了——这是一段极为漫长的日子。

从她第一天听懂了这些流言的暗指——"亲爱的,你老公有事情瞒着你"开始,她就尝试调查他在和谁鬼混。她听到的闲言碎语充满恶意,而且非常刻薄,但她无能为力,只能听信这些流言。她到处搜寻,从酒馆到教堂,甚至到他工作的学校。

她去了妓院、祈祷会、公园,甚至走到了城镇之外,其间购买了斧头、手枪和各种刀子。当然她什么都没和她亲爱的杰罗姆说,杰罗姆躲在一摞摞平装书的封皮后观察着她的种种行为。杰罗姆的这个爱好是她全心全意鼓励的，只不过，她把读书降格理解成了浏览连环画的活动。此外，这也是他可以在家做的事情之一，前提是她保证整晚都保持安静，当然他也得愿意待在家里。

她把整个城镇翻了个遍，打量着白人女孩、黑人妇女、棕皮肤的美女，甚至是各种肤色的母夜叉。但她什么都没找到。杰罗姆还是在读书，一边沾沾自喜地笑，一边伸出他精心护理过的光洁的手指示意她安静。"别烦我"，他总是这么说，说完后他会再读一会儿书。此时，她会愤怒地盯着他，喉咙里发出几声咒骂，然后她会带着自己的一堆武器拖着脚步走出房子。

有时候，整晚毫无睡意的她会在早上四点起床，肩上随便搭一件毛衣就开始搜寻。她结实的身体开始变得虚弱，眼睛充血，眼神狂暴，头发上沾满棉绒，发根乱作一团，发尾油得发亮。从她的嘴巴到腋下，到处散发着难闻的气息。她一分钟都不能好好坐着，总会烦闷又苦恼地蹦起来，跑去搜寻一栋房子或者她觉得自己之前可能忘记搜寻的街道。

"你是不是在勾搭我的杰罗姆？"她会发狂一般地用

颤抖的手抓住每个遇到的人这么问。不等到她们回答，她就会用力夹住对方的头，拿长刀抵在对方耳下的脖子上。整个小镇都被她的这种恐怖质问吓住了。当她的外表也显得越来越疯癫时，引发的恐怖氛围尤甚。她会一边走路，一边磨牙、扯着自己的头发。现在，镇子上的人并不清楚她住在哪儿，除了她唯一提到过的男人——"杰罗姆"以外，人们对她一无所知。他们都盼着她公开对某一名女性发起攻击，因为这就意味着她不会伤害镇上的其他居民；或者她一个人在自己家里发疯，这样更好，这样的话每个见到她或者听到她的声音的人就有义务向当局报告了。

她疯癫但狡诈，对于小镇居民们对自己的态度，她很清楚。她不会让他们影响她的搜寻。她觉得警察永远不会抓到她，毕竟她这么聪明。她有不少伪装，也有无数藏身的地方。她轻蔑地推断：自己是不会在家里发疯的，因为她丈夫的情人根本不敢出现在她的地盘上。

与此同时，她关掉了美容店，不过她的顾客们都很高兴，因为她在关门之前就已经暴露出了令人坐立不安的习惯。她总是拿着滚烫的梳子质问每个坐在椅子上的女人——"是不是就是你？"——并且无论那女人说什么，她都会把对方烫伤。她父亲死时骄傲地宣称，自己把钱都留给了那位"学校老师"，由他决定是否和妻子共同继承，理由是杰罗姆"博学多才，能判断是非"。杰罗姆确实博学，他决定一分钱都不分给他的妻子。杰罗姆很高兴自己继承了一笔遗产，不过他的妻子从未看到他用这笔钱买了什么东西。按照杰罗姆的说法，只要这笔钱在，这就是一种"保险"。如果她问是什么保险的话，他就会说是火险和盗窃险，或者是夜盗险和飓风保险。当钱一夜之间消失了时，她问杰罗姆买了什么东西，杰罗姆说，买了个大件。她问是多大的东西，他说像坦克一样的大件。之后她就再也不问了。后来不知怎的，她就不关心钱了，只要他没花在女人身上就行。

随着她慢慢走向下坡路，杰罗姆反而越来越意气风发。镇子上的人都知道他是个"头脑机灵的家伙"，是个学者。也有人称他为"智者"，但这个词对她来说什么都不是。每个人对杰罗姆的评价都不同。他的朋友都是受过良好教育的，他们谈话的内容对她来说着实无聊，当然说这话并不意味着她曾被邀请参与谈话。他最好的朋友是他所在学校的校长,是从北方非常著名的大学里搬到南边来的。这位校长很瘦,胡须显得狂放不羁,眼睛大而悲伤。他把杰罗姆叫作"兄弟"。和杰罗姆在一起的女人们都是短短的卷发,戴着大圆耳环。他们聚在一起,互相之间以各自的"非洲"名字相称,并且从来不去教堂。这些女人有时会和男人一起举办"研讨会",同时召集镇子上的一些无赖青年。她不知道这些"研讨会"都是干什么的,不过,她早就觉得这肯定和制作橱柜或者其他木工活扯不上一点关系。

在杰罗姆开玩笑地(据她所知,或许不是在开玩笑)称呼为"同志们"的朋友中,有两三个白人来自社区的白人学院或者大学。通常来说,杰罗姆并不喜欢白人,所以她不知道这些白人是怎么融入杰罗姆的圈子的。校长的家是他们聚会的地方,几位白人晚上去的时候总是充满警惕,不住地回头看。每天晚上,她都焦虑地盯着那座房子,她知道自己在不断地积聚走入那座房子的勇气。某个炎热的夜晚,在酒精的作用下,她挺直了腰杆闯了进去。那些她狞笑着"怀疑"过的女人正坐在房间的一角激烈地讨论着什么。她偶尔会听到一两个自己能理解的单词。她听到"奴隶贸易""暴力推翻""远离那只猪",她从来没听说过最后一个词组。其中一个女人,也是唯一和她打招呼的女人,笑着问她是不是来"参加革命"的。她靠着门站着,有点发抖,努力去保持理性,她明白自己是快要晕过去了。杰罗姆从一群男人中间站了起来,他们在房间另一边围坐成一个圆圈。杰罗姆一点儿都不在意她,他开始背诵她所听过的最讨厌的诗歌。她羞愧而困惑地离开了房间,没有人会自寻烦恼地问她为什么站着看了他们这么久,或者问问她是否需要有人带她出去。她低着头,拖着沉重的步子回了家,迷惑、惊讶又觉得茫然无措。

3

现在她着手翻找她丈夫的衣服,试图寻找线索。她把每个口袋都翻个底儿朝天,把每件衣服都抖一抖,胡乱地翻找着,甚至有时用鼻子到处闻一闻。每一次掏一个口袋时，她都觉得肯定有什么东西——什么小东西被遗落了。

她的心怦怦乱跳，她跪在地上，在床底下翻找。床底满是灰尘，布满了蛛网，仿佛她的内心一样。整个房子都很脏，因为自从她开始搜寻之后就再也没管过。现在，好像全世界的灰尘都藏在她的床底。她看到了他的鞋子。她举起鞋子贴到自己汗湿的脸颊上，然后亲吻了它们。她把手伸到鞋子里，什么都没有。

然后，当她准备站起来之前，忽然想到床头板下面的一片漆黑处，她还没找过那里。在她平时睡的这边的枕头下，地板上什么都没有。她急忙跑去床的另一边。她跪在杰罗姆睡的那一侧，手伸进去，碰到了什么东西。她飞快地趴在地上，把东西扒了出来。然后她像耙地一样接着耙，气喘吁吁，大汗淋漓。随着一种迟来的无力回天的感觉涌上心头，她的脸呈现出如死灰般的颜色。她猛地意识到："这不是女人。"就是这样的想法。她从来没想到过会是比女人更严重的事情。她想大哭一场，但强忍住了。

她用她那粗糙的大手颤巍巍地从床下拿出了一大摞平装书，书上都是沙砾，书页沾满灰尘。这些书自他们结婚数月以来就一直被他放在床的背后。她小心地掸了掸每本书上的灰尘，皱着眉头聚精会神地看着书的封面。封皮上印满了拳头和枪。每本书的封面上都有"黑色"这个单词。《黑色暴动》《黑色火焰》《黑色愤怒》《黑色复仇》《黑色报复》《黑色仇恨》《黑色美人》《黑色革命》。接着是"革命"这个词，《街道上的革命》《屋顶上的革命》《山间革命》《革命和反叛》《美国的革命和黑人》《革命和死亡》。她惊讶地看着这些书，这曾是她丈夫专心致志研究的东西，她很气恼自己从来没有往这方面想。

多少次她鼓励他的这种消遣？多少次她的无知被奚落？多少次她在出去寻找所谓的"情人"时被丈夫嘲笑？她啜泣了一声，发现自己甚至根本不知道"革命"这个词是什么意思，除非这个词的意思是"不断兜圈子"，就像她的脑子现在的状态一样。

她小心地把书叠放在他的枕头上，随后拿出她最大的一把刀，把这些书划破刺穿。但那些刺耳又晦涩难懂的词并没有随之消失，她急忙拿来煤油要烧了这张婚床。她渴望地，又很无望地欢呼着，看着整个房间燃烧起来。那些词变成了美妙的烟雾，懒散地升向天花板。她一遍遍地哭喊着"垃圾"，伸手拍打着火苗中的那些字，它们色彩绚丽，仿佛死而复生。"我杀死你！我杀死你！"她朝着熊熊大火尖叫，愤怒地后退了几步，颤抖着退到了房间里的昏暗角落。这个角落离敞开的门很远。但是大火和这些字同时轰隆隆地冲向了她，她被痛苦和兴奋的感受笼罩。她满脸泪水，把头埋在因为烧焦而嗞嗞作响的胳膊上，不停地尖叫着。

深爱"女娃"[1]的男孩

"愿我的女儿可以尽情去爱任何人！
可又如何能轻易实现？"

——匿名

她知道他肯定已经读过那封信了。此时的他正坐在门廊，看着她走下校车，沿着小路朝院中缓缓走来。他给了她生命，是父亲，同时也是仲裁者。下午四点，天空阴云低垂，蓄谋已久地聚拢在艳阳周围，一场大雨已在所难免。她抬手遮挡强光，视野越过身侧绵延的株株木棉，向那所绿篱笆围起来的房子处眺望。为缓解恐惧，她先屏住气息，换上麻木的表情，然后故作轻松地拖着步子在小道上前行，每走一步，脚都没入松散的红土中。她猜想着他究竟是如何得知那封信的——她情人的母亲，很疼爱情人

---

[1] 原文用"Daughter"一词，该词在这里类似于父母唤女儿为"妮子""闺女""姑娘""女娃"等。

娶的女人。若抛去种族不谈，也许新娘本应是自己。也许某天等新娘发现他珍藏着自己的来信时会呆若木鸡。又或者……然而，她没有继续往下想。她很爱他。

大地之火
花香的诱惑
阳光

她拖着缓慢的步子沿小路朝房子走去，走向在门廊下沉默的大块头男人。天气闷热，但她感受不到阳光的热度，因为，此刻似乎有种寒意穿过她的后背，直击她的心脏，并传向了四肢百骸。

花香的诱惑
阳光

她停下脚步，专注地凝视一小片黑心菊花圃以及其间夹杂的几株不合群的花毛茛。手指轻抚过娇弱的花瓣，陷入了沉思。

> 花香的诱惑
>
> 阳光
>
> 柔和的
>
> 花香幽幽
>
> 瓣瓣花开
>
> 盛放满满的希望

2

他坐在门廊,滑膛枪靠放在楼梯扶手处,触手可及。他得让她懂得"贞操"二字,如果言语恐吓无效的话,他会动用他的枪。他紧绷的身体靠进椅子里,耐心地等待着。他看着她走下黄色校车,看着她抬手遮挡刺眼的阳光,看着她透过株株长成的木棉极目眺望,视线几乎触碰到他所在的地方。他观察着她的眼神,那眼神仿佛可以穿越沉寂的时光,他知道她清楚自己已经拿到那封信了。

在他的头顶，椽间的灰尘在阳光下无声地舞动着。忙碌的黄蜂在蜂房里建造着更多的小房间来迎接新生的幼蜂。等到夏末，幼蜂羽翼丰满之时，他就必须烧掉蜂巢，燎去幼蜂的翅膀，好在凉爽的夏夜手捧《圣经》时免受它们的叮咬。

他半睁着眼，伴着头顶嗡嗡的虫鸣，看着她踏着飞扬的尘土走来，细数着她走的每一步，跟随着她的每次停顿。他看着她凝神望着鲜艳的花丛。他可以清楚地看见她背手站立赏花时手握书本的一侧手臂微微下垂着，黑色的长发简单束到背后，耳边几缕碎发卷起。然后，他看到她的双眼，美丽一如那黑心菊，勾起他破碎的过往。

尘封的岁月里

难解的女人们——

姊妹

伴侣

灵魂的幻想

他小的时候，有个姐姐，人们唤她"女娃"。她很漂亮，有着黄棕色的皮肤，甜美的笑容，活泼跳脱的性格。她也很善良，为了别人她可以倾其所有。她视财富、虚荣为虚无，也不屑于轻易到手的爱。他全身心地、无时无刻不在深爱着她。当他求她不要走，留下来陪着他时，她取笑了他，离开了。她经常辗转各地，奔赴任何需要她的地方。无论她在哪里，哪里都会充满欢声和笑语。但是这样的时光终究不会长久。和别人的丈夫交往了数月后，她回来了，她变得精神错乱。他也变得心灰意冷，多少个夜晚他都窝在床上哭泣。他每日顶着骄阳孤独地耕耘在主人的田地上，却从未被给予过做人的尊严，他清楚自己的处境从来与牲畜无异，却得知深爱的"女娃"偏偏爱上了自己的农场主。

尘封的岁月里

难解的女人们——

姊妹

妻子

被定义的存在

她回来后，变得谁也不认得了，漂亮的长发不见了，吃饭的时候，牙齿还会咯咯作响。她要么成日成夜地口中哼着小曲儿，要么尖叫着和他们说自己身上起火了。她会眨着那双没有睫毛的眼睛看着他，用她那双瘦弱干枯的手掌抚摸他的脸颊，企图讨好还是孩子的他，想要再次利用他对她的爱。而他则强忍泪水，容忍这一切。她被绑在床上，任人摆布。他们肆意排挤她，折磨她，报复她的背叛。然而即便如此，她也似乎并没有要自杀的迹象。他们像对待动物一样不耐烦地将食物抛给她。夜晚，当她对着月亮在床边投下的阴影号哭时，他的父亲会起床用皮带狠抽她，叫她安静下来。

一天，她稍稍恢复理智，央求他给自己松绑。他害怕自己放了她，她定会躲进林间，从此一去不复返。他对她的爱已经变成了他心头的一道伤疤，他开始憎恶她。他曾无数次梦见自己狠狠地报复了她的恋人——那个羞辱了他们所有人的白人。女娃小心地爬下床，将他击昏在地。夜晚，他们发现她时，她已经被刺穿在铁栅栏上了。

她把自己献给他的奴隶主，多么令他愤怒！所以她被杀死了！他无法原谅她跨越种族仇恨的爱情。尽管她承受了刺骨的痛苦，并且最终付出了生命的代价，但他心底的痛仍伴随他一生，使他的性格渐渐扭曲。只要提及肤色和种族问题，无辜和罪恶的界限便更加模糊不定。在这样一个种族对立的世界里，他感到迷茫和失望，仿佛全世界都在和他作对。他坚信生活中充满了欺骗和谎言，他时时提防，并准备奋起反抗。

　　他对身边的女人们充满了怀疑，痛恨那些爱他的，嘲笑那些关心他的，对她们报以嘲讽，骂她们是蠢货。他自己的妻子被他打成了残废，这样她就不会被白人地主的花言巧语欺骗，然后离开。在年轻力壮、尚能逃脱他魔爪的年纪时，她自杀了。但是她生前留下了一个孩子，一个女孩，"女娃"的翻版，一个完美的复制品。

　　回忆

　　如镜——

　　映射希冀与迷失

他的双手微微发抖,他伸手隔空抓了一把。她的轮廓渐渐清晰,她穿着一身蓝白相间的衣服,穿过庭院,走过雪松树。她在高大的玉兰树下驻足,好似在遥望朵朵无法企及的娇艳花儿。离枪一掌之距,那封信赫然展开着。他手中死死地捏着信的一角。手心出汗,喉咙干涩,他不住地吞咽口水,同时急速地眨动双眼。她脚步轻盈,走过檐下时,脚下的灰色木板传来轻轻的震动。她的目光瞥过他,随后停在了那封展开的信上。他不自觉地将信微微举高,然而看着她那双原本熟悉无比、此刻却异常陌生的眼睛,他还说不出话来。

女孩极不情愿地看向那封信,继而瞅见了倚在楼梯扶手的枪,最后将目光扫向他的脸。他只感觉自己的脸色冷了下来,面部肌肉也渐渐紧绷了起来,仿佛戴上了一副面具,等到塑形完成,它就会掉下来。她随意地向后靠上了檐柱,认真地看着他,并且不时出神望向他头顶明亮的天空。他的眼神发狠,顺着她纤弱又凹凸有致的身形,定神望向她手里的书,那是她在信里提到要送给恋人的礼物。尽管有着黑色的皮肤,但是他也会脸红,那黑色的底色中透出的一抹绯红闪耀着紫色的光泽。怒意断了线似的从他口中喷涌而出。

"白人的臭婊子！"这几个字从他紧闭的牙关中漏出，好似恨不得把字嚼碎了。听到这句话，如被劲风吹过般，她重心不稳，身形轻晃，而后勉强站定，重又背靠檐柱。起初，她直直地盯着他的双眼，不久后，她无奈地垂下了头。

她径直走向了屋后的牲口棚，手里仍然攥着她的书。他盯着一道道光束，努力使自己的眼神看起来冷酷无情。她褐色的皮肤闪耀着黄铜色的光泽，她的手臂使人联想到阳光下金黄的香蕉。他无情地催促着她走进那扇摇摇欲坠的木门里，随后，他粗鲁地将她推倒在地。她就像无根之柳，任他支配，不予抵抗。他操起马厩里的挽具不停抽打她，凡被搭钩击到之处，血红泛滥，接着鲜血四溢下淌，滴滴凝聚后滑至地面。

他一路跌跌撞撞穿过重重树影朝屋子走去，他极力望天，渴望看到颗颗明明灭灭的星星，可天空布满阴云，雨水打在他的脸上，沿耳旁滑落，当他终于走上屋后的台阶，全身都已经湿透。饥饿的家犬看到主人走来，兴奋地围着檐下的水洼跑来跑去。尽管他投喂了它们，却没有一只狗肯乖乖停在他脚边，任他泄愤似的抓挠。他呆呆地看着它们狼吞虎咽，听着树梢上的呼呼风声。他浑身发冷、瑟瑟发抖，穿过屋子转回了屋前的檐下。他坐在椅子上，拿过了那把淋湿的枪，支着膝盖一下下扣动着扳机，一如儿时。

信已经被雨水打湿了，但是他仍然能辨出那一句她坚定地写下的"我爱你"。他讨厌极了这蓝色封面的信，将它攥在手里揉皱了。一阵潮湿的狂风刮过，将揉成团的信吹起，卷进了银色的雨幕里。当它被狂风丢弃，只好无力地黏在他脚边湿滑的地板上时，他突然变得很高兴，仰面重重地躺回了椅子里。"所谓嫉妒，就是为那不曾属于自己，也永远不会属于自己的东西而患得患失。"那是她写给那个白人混蛋的信里的内容，可恨那混蛋抛弃了她，娶了一个白人女子。那些话还是会萦绕在他的脑海，久久不散。一轮朦胧的缺月升上了夜空，他昏昏欲睡。

3

　　去多少次教堂也改变不了她的看法，祷告也从来不能满足她的渴求。她的内心，看似风平浪静，岁月静好，实则一潭死水，了无生机。她曾笃信基督，可基督的私利顽疾使其注定无法深入如她一般身处水深火热的人们心中，残酷的南部社会现实使她清醒。基督教人禁欲，她却渴望诗和远方。她爱那些美丽的花朵，它们于远处丛丛绿叶间开放，又默默枯萎凋谢，正如她所知道的那些星星，升起、陨落。一切都是那么自然又自由地存在着。她经常专注地凝视凋零的玉兰花乳白色的花心，寻找着问题的答案，但她只能从中明白一点——只有谢了的花才最脆弱，最让人感伤。

　　花香的诱惑
　　阳光

　　翌日清晨，他睁眼发现这片天地如洗过一般。他活动了下僵直的关节，踱步走进屋里，看着老相片。褪了色的镀金相框里是他的初恋——女娃的照片，她有着如桃花般姣好的面容和一双大而无神的双眼。生平第一次，他将照片倒扣在了桌面上，然后梦游似的穿过了屋子。走到后门处，他掏出口袋里的小刀，用指腹磨了下长长的刀刃，又茫然地放了回去。他明白，百岁光阴，混混沌沌，转眼就会终了，于是乎，心灵的麻木也就意味着死亡。该做个了结了，他迈步走向了牲口棚。此刻的他好像离岸的鱼，眼神无比平静，身体却在干燥的地面拼命挣扎。

牲口棚里，他发现她已经醒了，但仍维持着原先的姿势，躺着一动不动，深色的眸子里映着门外明亮的天空。当她望向他的时候，那眼神里并没有厌恶，但也不是服从。默默忍耐、被动挨打的昨日已经逝去，除了身上地上的血，她今天看起来很坚强。她那垂在地上湿湿的黑发刺激了他，此刻她看着他圆睁的双眼感到了恐惧，这份恐惧远比昨夜来得更加猛烈。

他突然意识到她是自己的女儿，而不是女娃，他声音嘶哑，求她否认那封信，那封已于昨夜雨中被扯烂的信。

她嘴角含笑，这笑容与女娃的笑渐渐重叠，随后她一耸肩，平静地说道："不。"一个简短的"不"字，为这一切画上了句号。"不"，她顽强地忍着痛慢慢起身，甚至不屑于看他，一个沉默的、可怜的男人。

"我要走了。"她说道，仿佛她已经走远，他的心脏怦怦狂跳。他只能用拳头将她打倒，让她再一次匍匐在地。她的目光掠过身上的伤痕，仰视着他。昨夜的大雨将她的衬衫濡湿了，此刻已完全滑落双肩，露出了丰满的乳房。他双手附上了那双乳，慢慢地蹂躏着。屋外犬吠声充斥他的耳朵，他心中升腾起了无名的欲火。极度痛苦中，他似要扯掉自己的手臂般狠狠将她推远；继而，小刀一挥，她裸露的黄褐色胸部留下了两个血淋淋的西柚般大小的洞；最后，他将手中的东西扔给了狺吠不已的狗。

　　回忆

　　如镜

　　忠实地

　　默默地记录着

今天，他面朝公路，颓坐在同一把椅子上，黄色校车驶过，卷起了滚滚尘土。如果他醒来，女娃将会沿着尘土飞扬的公路缓缓走来，她的黑发束于脑后，眼睛专注地望着沿途的花毛茛和几株不合群的黑心菊；如果他醒来，他会看到自己的女儿，一朵漂亮的黑心菊，绽开在女娃走来的路上。娇艳的花儿，可以生长在任一块土地上，毕竟花朵不需要效忠任何人；如果他醒来，他会看到曾经的噩梦有了美好的结局。问题的答案还在耳边嘈嘈切切，却仍无解；如果他醒来，他会感到头顶黄蜂盘旋不息，想到成熟的夏末时节，满园果香；如果他醒来，他会擦掉浑黄眼中舞动的灰尘；如果他醒来，他会拿起自己的空枪，一下下扣动着扳机，一如儿时。

日常用品
献给你的祖母

我就在院子里等着她的到来，我和玛吉昨天下午已经把院子打扫得干干净净，地面上还留着用扫把扫出来的波浪形的线条。这个院子要比大多数人想象的还要舒服。或者说，这压根就不是一个院子，而是起居室的延伸。院子里的土地面被打扫得像地板一样干净，四周布置着精致的不规则的凹槽，并辅以细沙铺垫，这样的院子，谁都可以过来坐一坐，一边抬头望着榆树，一边又享受着室内无法享受的微风。

只要姐姐在，玛吉就会心神不宁：她会沮丧地站在角落里，因为自己相貌平平、手臂和大腿下面还有着烧伤的疤痕而感到自惭形秽；她总是带着兼有妒忌和敬畏的眼神观察着姐姐。她觉得姐姐是一个可以把握自身生命的人，世界从未对姐姐说过"不"。

你肯定看过一些电视节目，在这些节目中，"成功"了的孩子与父母在节目中出乎意料地相见，父母从后台颤颤巍巍地走了出来。（当然，这是一个惊喜。如果父母和孩子上节目只是为了谩骂和侮辱对方，他们该怎么做呢？）在电视上，母亲和孩子互相拥抱、微笑。有时父亲和母亲会痛哭流涕，那个成功了的孩子会把他们紧紧抱住，并且隔着桌子靠过来告诉父母，要是没有他们的帮助，自己根本就不会成功。我看过这些节目。

有时我会做这样的梦。梦里，我和迪伊突然一起参加了这样的电视节目。我从一辆黑色软座的豪华轿车里出来，被人领进一间宾客盈门的敞亮屋子。在那里，我遇到了一个像约翰尼·卡森[1]那样的、满面微笑、头发灰白的健壮男子，他一边跟我握手，一边告诉我，我养了一个多么优秀的女儿。然后我们站在舞台上，迪伊泪眼婆娑地拥抱着我。她在我的裙子上别了一朵大兰花，尽管她曾经告诉过我，她认为兰花很俗气。

1　美国著名的节目主持人，曾主持美国国家广播公司（NBC）深夜时段著名脱口秀节目。

在现实生活中,我是一个身材魁梧、骨架粗壮的女人,我的手和干活男人的一样粗糙。冬天,我穿着绒布睡衣上床睡觉,白天则穿套头工作服。我能像男人一样残忍地屠宰并清洗猪。身上的脂肪使我在零摄氏度的天气里也依然感到热。我可以整天在外面工作,破冰、取水、洗衣服,还可以把猪身上取出来的猪肝在明火上烤几分钟就直接吃掉。有一年冬天,我用一把大锤击倒了一头小公牛,锤子刚好落在小牛两眼之间的脑门上,然后,在天黑前把肉挂了起来晾着。当然,这一切都不会在电视上播出。我是我女儿希望我成为的这样的人:体重减轻了一百磅,皮肤像尚未做熟的大麦饼一样细腻而有光泽,头发在耀眼的灯光下闪闪发亮,而且我还是一个伶牙俐齿的人,讲起话来就连约翰尼·卡森都望尘莫及。

但这是一个错误。我在醒之前就知道了。有谁认识伶牙俐齿的约翰逊吗?又有谁能想象我可以直视一个陌生白人吗?我所了解的自己是:跟他们说话时,我总是准备抬脚就跑,我的头总是转到离他们最远的方向。然而,迪伊,她总是可以直视任何人的眼睛。她的天性中从来就没有过犹豫。

"妈妈，我看上去怎么样？"玛吉问道。她那瘦弱的身体裹在粉红色的半截裙和红色的罩衫里，她躲在门后，身子让门遮住一大半，我看了好半天才发现她在那儿。

"到院子里来。"我说。

你可曾见过一只跛脚的动物，也许是一只小狗，被一个粗心莽撞的、买得起汽车的人压伤后，侧着身子向那个对他好但又愚昧无知的人走过去？我的玛吉就是这样走路的。自从那场大火把我们家的房子烧毁之后，她就一直这样，下巴贴近胸口，眼睛盯着地面，走路时一直拖着脚。

迪伊比玛吉肤色浅，头发更好，身材更丰满。她现在是个女人了，虽然有时我会把这一点忘了。那座房子被烧是多久以前的事了呢？十年还是十二年前？有时，我还能听到火焰燃烧的声音，还能感觉到玛吉的手紧紧地抓着我，还能看到她的头发冒着烟，衣服已被烧成了黑灰一片一片地脱落。当时她的眼睛圆睁，眼睛里反射出熊熊燃烧的火苗。迪伊也在。我看见她站在枫胶树下边——她常常在那儿挖枫胶——一脸严肃地望着屋顶上一块烧成灰黑色的木板朝着烧红了的烟囱掉了下来。你怎么不围着灰烬跳个舞呢？我本想问她。她对这房子恨之入骨。

我曾经认为她也讨厌玛吉，但那是在教堂的人和我筹集资金，把她送到奥古斯塔上学之前的事。她过去常给我们读些什么东西，但毫无同情之心，只把文字、谎言、别人的习惯以及整个生活强加给我们两个，我们被困在她的声音里，却对此一无所知。她向我们灌输一堆虚构的事物以及我们不需要掌握的知识。她用严肃的方式逼我们听她读书，又在我们似乎要明白的时候把我们当傻瓜一样推开。

迪伊想要好东西。她想要穿一件黄色蝉翼纱连衣裙去参加高中毕业典礼；她想要一双黑色无带平底鞋，用以搭配她用别人给我的一套旧西装做的绿色套装。她决心直面任何困难，她可以一连好几分钟不眨眼地盯着你。我常常需要抑制自己动摇她的欲望。她才十六岁就有了自己的风格：并且她知道那种风格是什么。

我自己从未接受过教育。上完二年级后学校就关闭了，不要问我为什么：在1927年，有色人种的问题不像现在这么多。有时玛吉会给我读点东西，她因视力不好，读书总是结结巴巴。她知道自己并不聪明。就像好的外表和金钱一样，机敏也快速与她擦肩而过。不久后她会嫁给约翰·托马斯（他长着一张诚恳的脸，以及一嘴焦黄的牙齿），等她结婚后，我就可以悠闲地坐在这里，独自唱唱教堂歌曲。尽管我从来都唱不好歌，总是跑调。我对于男人活儿倒是更在行。我一向喜欢挤牛奶，直到1949年我的肋部被牛顶伤了为止。母牛生性恬静、动作缓慢，一般不会伤害人，除非你挤奶时动作不得法。

我有意背对着房子。这房子共有三间房间，除了屋顶是锡皮的之外，其他和被烧毁的那幢一模一样，现在没有人再做木瓦屋顶了。房间没有真正的窗户，只是在边上凿了一些洞，就像船上的舷窗。但既不是圆的，也不是方的，窗格子向外开，用生牛皮悬吊起来。这座房子也和之前那座一样建在牧场上。毫无疑问，只要迪伊看到它就会想把它拆掉。她曾经写信给我说，无论我们"选择"住在哪里，她都会设法来看看我们，但她绝不会带她的朋友来。玛吉和我对这句话考虑了许久,玛吉问我:"妈妈,迪伊什么时候有过朋友?"

她有几个朋友的。有些是在洗衣日放学后,穿着粉红色衬衫鬼鬼祟祟到处闲逛的男孩;有些是从来不笑、神色紧张的女孩。他们对她得体的语言、曼妙的身姿,以及像碱液中的气泡一样爆发出来的尖刻的幽默佩服得五体投地。她也给他们读东西。

她在追求吉米的时候没有太多的时间花在我们身上,而是把她所有的找碴儿本事都用在了他身上。吉米很快娶了一个来自无知俗媚家庭的廉价城市女孩。当时她度过了一段很难的日子,没办法恢复冷静。

当她来的时候我会去见他们——但他们已经在这里了!

玛吉试图拖着身子冲向房屋,但我把她拦住了。"回来。"我说。她停下脚步,试图用脚趾在沙地上挖一个小井坑。

在强烈的阳光下很难看清楚他们,但看到从车里伸出的那条腿的第一眼我就知道,这是迪伊。她的脚总是打理得很整洁，好像是老天亲自为她塑形的。从车的另一边走下来一个矮胖的男人，头发有一尺长，像一条卷曲的骡子尾巴一样垂在下巴上。我听到玛吉吸了口气。听起来是"呃"的一声，就像你在路上看到一条蛇在你的脚前发出的声音一样："呃。"

接下来我看到了迪伊。在这炎热的天气里，她穿着垂到地面的长裙。裙子的颜色耀眼夺目。大块的黄色和橙色反射着强烈的太阳光。我感觉到我的整个脸被它反射的热浪烤得暖烘烘的。她的耳环也是金色的，一直垂到她的肩膀上。当她抬起手臂将腋窝处的裙褶抖开时，手镯摇晃着发出叮当声响。她的裙子宽松而飘逸，走近看时，我觉得很不错。我听到玛吉又发出了"呃"的声音。这是因为她姐姐的头发。那头发像羊身上的羊毛一样直直地竖立着，漆黑如夜，边上扎着两条长长的小辫子，像小蜥蜴一样绕在她的耳朵后面。

她身着长裙，款款而来，一边说着"瓦-苏-左-

提－诺！[1]"。随着她的一句"阿萨拉马拉吉姆[2]，我的母亲和妹妹！"那位头发垂至肚脐眼的矮胖男人也笑着走上前来。他作势要拥抱玛吉，玛吉却往后退，直退到我的椅背上。我感觉到玛吉在发抖，一抬头就看到汗水正从她的下巴滴落。

"别起来。"迪伊说。我体格肥胖，站起来得花一番力气，你瞧，我得在椅子上来回挪动挪动才能站得起来。她转过身，朝汽车走去，我能透过凉鞋看到她白花花的后脚跟。她拿着拍立得从车里返回，动作娴熟地屈身为我和玛吉拍了一张又一张的照片，照片里的我坐在屋前，而玛吉就躲在我身后蜷缩着。每按下快门前，她都要确认房子能够被拍进照片里。当一头奶牛在院子边啃食时，她立马抓拍了张奶牛、我、玛吉还有房子的照片。接着，她把拍立得放在了汽车的后座上，走过来吻了吻我的额头。

与此同时，阿萨拉马拉吉姆正在拉着玛吉的手。玛吉的手就像鱼一样无力，恐怕也像鱼一样冰冷，尽管她正在

---

1 原文为"Wa-su-zo-Tean-o"，源自乌干达语中的问候方式。
2 原文为"Asalamalakim"，源自阿拉伯语的问候语"As-salamu alaykum"。

冒汗，还一个劲儿地往后缩。看来阿萨拉马拉吉姆是想握手，又想把这个动作做得时髦一点儿，或许他不知道应该怎么握手。总之，他很快就放弃与玛吉握手了。

"嗯，"我说，"迪伊。"

"不，妈妈，"她说，"不是'迪伊'，而是万杰罗·李万里卡·克曼布[1]！"

"迪伊怎么了？"我想知道。

"她已经死了，"万杰罗说，"我再也无法忍受了，以我的压迫者来命名。"

"你和我都很清楚，你是以你姨妈迪西[2]的名字命名的。"我说。迪西是我的妹妹，她给迪伊取了名字。迪伊出生后，我们都叫迪西"大迪伊"。

"但她是以谁的名字命名的？"万杰罗问。

"我猜是以迪伊外婆的名字命名的。"我说。

"那迪伊外婆又是以谁的名字命名的呢？"万杰罗问。

"她的母亲。"我说，这时我注意到万杰罗已经开始有

---

[1] 原文为"Wangero Leewanika Kemanjo"，迪伊为自己取了一个非洲名字。
[2] "迪西"原文为Dicie，"迪伊"原文为Dee，发音相仿。

点不耐烦了。"再远的我就记不得了。"我说。其实我大概可以把我们的家史追溯到南北战争以前。

"好吧，"阿萨拉马拉吉姆说，"都说到那么远了。"

"呃。"我听到玛吉说。

"我还没结束，"我说，"那是迪西出现在我们家之前的事，我为什么要追溯到那么远呢？"

他只是站在那里咧嘴笑着，俯视着我，用人们检查A型轿车的眼神打量着我。每隔一段时间，他和万杰罗就会在我头顶互换眼色。

"你这名字怎么念来着？"我问道。

"如果您不习惯，就不需要用它来称呼我。"万杰罗说。

"我为什么不呢？"我问，"如果你想让我们这么叫你，我们会这么做的。"

"我知道一开始这个名字听起来会不太习惯。"万杰罗说。

"我会习惯的，"我说，"再把它念一遍。"

就这样，很快我们就把这个名字弄清楚了。然而阿萨拉马拉吉姆的名字是她名字的两倍长，念起来更是三倍难。我试着念了两三次都念错了，于是他就让我干脆叫他哈吉姆阿巴波。我想问他是不是理发师[1]，但我觉得他并不像，所以我没有问。

"你一定是那些马路边的养牛部族的。"我说。那些部族的人与人打招呼时也是说"阿萨拉马拉吉姆"，但他们从不与人握手。他们总是很忙：喂牲口、修篱笆、建造盐舔砖棚、堆草料等等。白人毒死他们的牛以后，那些人会彻夜不眠地拿着枪，我曾走了一英里半的路，就是为了看看这一幕。

哈吉姆阿巴波说："我接受他们的某些观念，但我不会去种田和养牛的。"（他们没有告诉我，我也没问万杰罗或迪伊到底有没有和他结婚。）

于是我们坐下来吃饭，哈吉姆阿巴波说他不吃羽衣甘蓝，并且觉得猪肉不干净。不过，万杰罗继续吃着鸡肉、玉米面包、绿色蔬菜和其他食物，她吃红薯时更是喋喋不休地说个没完。一切都让她开心，甚至包括我们还在使用旧长凳这件事，这长凳是因为我们当年买不起椅子，她爸爸特意配套桌子做的。

---

[1] 哈吉姆阿巴波，原文为"Hakim-a-barber"，"barber"在英文中有"理发师"的意思。

"哦，妈妈！"她喊道，然后转向哈吉姆阿巴波，"我以前从来没感觉到这些长凳有这么可爱，在上面还能摸得到屁股坐出来的印记。"她一边说，一边把手伸到屁股下面去摸凳子。然后，她发出一声叹息，手就搭在迪伊外婆的黄油碟上。"是这样！"她说，"如果可以的话，我想问您，我是否可以从家里拿点东西。"她起身走到角落里，那里放着一个搅乳器，里面的牛奶已经结块了。她看了看搅乳器，又看了看里面的牛奶。

"我想要这个搅乳器的盖子，"她说，"我记得那是巴迪叔叔从原来的一棵树里凿出来的，对吗？"

"是的。"我说。

"啊哈，"她高兴地说，"我还想要那根搅乳棒。"

"那也是巴迪叔叔做的吗？"那个理发师模样的男人问道。

迪伊（万杰罗）抬头看着我。

"那是迪伊姨妈的第一任丈夫削的，"玛吉声音很低，你几乎听不到她的话，"他叫亨利，但大家都叫他斯塔什。"

"玛吉的大脑就像大象的大脑。"万杰罗笑着说，"我可以把这个搅乳器的盖子放在壁龛桌的中央做装饰，"说着，她把一个托盘盖在搅乳器上，"我也会想出一个艺术化的方式来处理这根搅乳棒的。"

她把搅乳棒包装好，手柄露了出来。我把它拿在手里看了一会儿，你甚至不需要靠近细看就能发现双手上下推揉打黄油的地方在木材上留下了凹陷的握痕。事实上，那上面有很多小的凹陷痕迹，你可以分辨出哪儿是大拇指压出的印子，哪儿是其他手指压出的印子。这根搅乳棒是浅黄色的，颜色很好看，它是用大迪伊和斯塔什住过的院子里的一棵树制作而成的。

晚饭后，迪伊（万杰罗）走到我床脚的柜子旁边，开始在里面翻找。玛吉在厨房洗碟盆边忙碌着，拖延着不愿意出来。万杰罗拿着两床被子走了出来。那两床被子是迪伊外婆把它们拼起来，然后我和迪伊姨妈把它们挂在前廊的拼布架前一块一块缝起来的。一个是孤星图案。另一个是环山图案。两床被子用一些衣服布片缝制而成，有迪伊外婆五十多年前穿的衣服的残片，还有杰瑞尔外公的旋涡纹衬衫的布片，还有斯拉曾外祖父内战时穿的制服上的一小块大约火柴盒大小的、已经褪色的蓝色布片。

"妈妈,"万杰罗用小鸟般甜蜜的嗓音说道,"可以把这两床被子给我吗?"

我听到厨房里不知道什么东西掉在了地上,紧接着门啪的一声被关上了。

"你为什么不另外选一两床被子呢?"我问,"这两床被子都是在你外婆去世前由她的衣服布片拼凑起来的,我和迪伊姨妈缝制的。"

"不,我不要那些。"万杰罗说,"它们都是由机器缝制的。"

"那样质量更好一些。"我说。

"那不是重点,"万杰罗说,"你想想!这些布片都来自外婆曾经穿过的衣服。然后每一针一线都是她自己亲手缝的!"她把两床被子紧紧抱在怀里,轻抚着它们。

"一些布片,比如说淡紫色的那些布片,来自你外婆的妈妈传给她的旧衣服。"我说着,并向前走了几步,想要摸一下那两床被子。迪伊(万杰罗)迅速向后退了几步,以确保我碰不到被子。仿佛它们已经是她的了。

"你想象一下！"她又一次深吸一口气，更紧地抱着那两床被子。

"可事实是，我已经承诺要在玛吉和约翰·托马斯结婚时，把被子给玛吉。"我说。

她像是被蜜蜂蜇了一下似的惊叫了一声。"玛吉无法欣赏这些被子！她可能蠢到只把它们当成普通的被子每天盖。"

"我也认为她会的，上帝知道，它们已经很久没人用了，我巴不得玛吉能天天用它们。"我并不想提当初迪伊（万杰罗）上大学时，我给了她一床被子，但是她嫌那床被子太老套过时的事情。

"但是它们是无价之宝！"现在，她激动地说，她总是很容易生气，"玛吉可能会把它们铺在床上，五年内，甚至更短时间内，它们就会变成破布！"

"她可以再缝一些，玛吉知道怎么缝被子。"我说。

迪伊（万杰罗）恶狠狠地瞪着我，说："您压根儿就不懂。问题是这些被子，这些被子！"

"行吧。那你会怎么处理它们？"我不解地问。

"把它们挂起来。"她说。仿佛那是唯一可以处理这两床被子的方法。

玛吉现在站在门边,我几乎可以听到她的双脚相互摩擦而发出的声音。

"让她拿走吧,妈妈。"她说道,就像一个从来没有赢得过任何东西,或者没有任何东西属于她的人,"没有那些被子,我也可以记得迪伊外婆。"

我凝视着她,她的下嘴唇满是鹿蹄草鼻烟粉,那使得她看起来有一些迟钝,还有一些卑微。正是迪伊外婆和迪伊姨妈教会她缝被子的。她就站在门边,布满伤疤的手藏在她裙子的褶皱里。她有些胆怯地看向她的姐姐,但并不生气。那是玛吉的命运,她知道上帝就是这么安排的。

我这样看着她时,突然产生了这样一种感觉——似乎头顶上受了什么东西的敲击,其力量自头顶直透脚心。就像是我在教堂,上帝的精神感触了我,使我愉悦到大喊大叫。我做了一件我从未做过的事——搂过玛吉,将她拉进卧室,从万杰罗小姐的怀中抢下被子,放到玛吉的腿上。玛吉坐在我的床上,张大了嘴。

"另选一两床其他被子吧。"我对迪伊说。

但是她什么也没说，转身走向了阿吉姆哈巴波。

当我和玛吉走到汽车旁，她说："你根本就不懂。"

我想知道："我不懂什么？"

"你的遗产。"她说，然后转向玛吉，亲吻了她，说道，"你也应该试着活得精彩一些，玛吉。对我们来说，这是一个全新的时代。但是你和妈妈的生活方式导致你永远无法意识到这一点。"

她戴上太阳镜，遮住她的鼻尖和下巴以上的所有面容。

玛吉笑了，可能是因为太阳镜的原因，但那是一个发自内心的笑，没有夹杂着一丝胆怯。我们目送汽车远去，车轮扬起的灰尘消失后，我让玛吉给蘸了点鼻烟。然后我们两个坐着享受，直到天色渐晚，我们回房休息了。

汉娜·肯赫弗的复仇

纪念佐拉·尼尔·赫斯顿

在我做罗茜姨妈的学徒两周后,一个老妇人来拜访我们,她身上的裙子和披肩不下六件,整个人几乎要被厚重的衣服包裹窒息了。罗茜姨妈告诉那个女人,她可以看到她的名字是汉娜·肯赫弗。随后又进一步告诉她,她属于东方之星信仰会。

那女人感到很惊讶。(我也是!不过后来我得知,罗茜姨妈保存着这个国家几乎所有人的大量文件,她把这些文件放在床底下的长纸板箱里。)很快,肯赫弗太太就问罗茜姨妈还能告诉她什么。

罗茜姨妈在她面前的桌子上放了一个大水箱,就像一个放鱼的水族馆,只是里面没有鱼。除了水什么也没有,我从来没有看到任何东西。当然,罗茜姨妈能看到。当那个女人等待的时候,罗茜姨妈凝视着水箱深处。很快,她说水告诉她:虽然那个女人看起来很老,但她并没有那么老。肯赫弗太太承认这是真的，并问罗茜姨妈是否可以看得出她看起来如此苍老的原因。罗茜姨妈说她不知道，并问她是否介意告诉我们这件事。（起初，肯赫弗太太似乎不希望我在那里，但罗茜姨妈告诉她，我正在努力学习巫蛊，她点点头表示理解，不会介意。我尽可能地缩在罗茜姨妈桌子的角落里，对她报以微笑，以使她不会感到尴尬或害怕。）

"那是在大萧条时期。"她开始讲述，挪动了下椅子，调整了下披肩。她穿得过于厚重，以至于背部略显佝偻。

"是的，"罗茜姨妈说，"你一定又年轻又漂亮。"

"你是怎么知道的？"肯赫弗太太喊道，"确实如此。我当时结婚五年了，有四个小孩和一个无所事事的丈夫。但自从我那么年轻结婚……"

"为什么，你不过是个孩子。"罗茜姨妈说。

"是的，"肯赫弗太太说，"那时我还不到二十岁。当时到处都很艰难，全国各地，我甚至怀疑世界各地都是如此。当然，那时候人们没有电视，所以我们并不知道实情。我现在也不知道当时电视是不是已经被发明出来了。我们在大萧条前有一台收音机，那是我丈夫在一场扑克游戏中赢来的，但我们后来把它卖了，只为了买一顿饭。不管怎样，一家人靠我在锯木厂做厨师的收入活着。我为二十个人做卷心菜和玉米面包，每周可以赚两美金。后来，工厂还是倒闭了，而我的丈夫已经失业了一段时间。我们快要饿死了。我们太饿了，孩子们是那么虚弱，终于，我在剥完羽衣甘蓝的最后一片叶子后，不等新叶子长出来，就把茎块和根都挖出来吃掉了。吃完之后，什么也没有了。

"就像我说的，我们无法知道世界各地是否存在困难时期，因为我们当时没有电视机，甚至把收音机也卖掉了。然而，它实实在在地侵扰了每个人的生活，我们在切罗基县认识的每个人日子都很艰难。因此，政府寄来了食品券，如果你能证明你在挨饿，你就可以得到它。带着他们发的几张食品券，你就可以去他们在城里开办的地方，得到好多好多的脂肪，好多好多的玉米粉，好多（我觉得是）的红豆。就像我说的，那时我们已经绝望了。我丈夫怂恿我去。我从来都不想接受救济，因为我一直都很骄傲。你知道，我的父亲，虽然是有色人种，但他曾经是切罗基县最大的花生种植园主之一,我们从来没有向任何人提出给我们免费的要求。

"嗯,在此期间发生的事情是这样的:我的妹妹,凯莉·梅——"

"一个坚强的女孩,如果我没记错的话。"罗茜姨妈说。

"是的,"肯赫弗太太说,"聪明,充满勇气。那个时候,她住在北方,在芝加哥。她为一些善良的白人工作,他们给她旧衣服,让她寄回这里。我想和你说的是:它们都是好东西。我很高兴能得到它们。所以,由于天气越来越冷,我给自己、丈夫和孩子们穿上了这些衣服。你瞧,这些衣服是在北方做的,为的是在有雪的地方穿着,穿起来,人暖和得像烤面包。"

"凯莉·梅后来不是被歹徒杀害了吗?"罗茜姨妈问。

"是的,"女人说,急着继续讲她的故事,"是她的丈夫。"

"哦。"罗茜姨妈平静地说。

"现在,我给家人都穿上新衣服,尽管饥肠辘辘,但我们一如过往那般自信,直奔政府的允诺。即使是我丈夫,当他穿上了合适的衣服,也表现出一丝骄傲,而我,每当我想起爸爸提供给我们的丰富的花生作物，就会想，为什么没有人比他更坚强。"

"我看见一个苍白而邪恶的阴影笼罩在你面前，尾随在整个行程中。"罗茜姨妈说，她望着水面，仿佛在我们不注意的时候往里面丢了一分钱。

"那影子的确很苍白，而且很邪恶。"肯赫弗太太说，"当我们到达那个地方时，人们已经排起了长队，我们所有的朋友都在一列。围着一大堆食物共排起两列长队，一边是白人的队——一些富人也在这一队——另一边是黑人的队。顺便说一句，我后来听说白人队里的白人得到了培根和粗面粉等丰盛的食物，但我们这边都没有。就是这样。我们的朋友看到我们都穿着漂亮而温暖的衣服，虽然衣服是别人穿过废弃的，他们说我们穿着这样的衣服真是疯狂。就在那时，我开始注意到所有排在黑人队伍中的人都穿得破破烂烂。即使是我所知道的那些家里境况不错的人也都如此。这意味着什么？我问我丈夫，但他不知道。他忙着趾高气昂地行走，丝毫没有察觉到异样。我却开始害怕了。最小的婴儿开始哭泣，年龄小的几个感受到了我紧张的情绪，开始抱怨吵嚷。我就这样和他们待在一起。

"现在，我的丈夫已经环顾其他女人了，我害怕得要死，我要失去他了。他已经取笑过我了，说我傲慢、骄傲。我说我们本该如此，他也应该努力这样做。我最不希望发生的事情就是让他看到我在很多人面前丢脸，被贬低，因为我知道如果发生这种事，他会抛弃我。

"所以，我站在那里，希望分发食物的白人不会注意到我穿得很得体，如果他们能注意到这一点，也就一定会注意到婴儿是多么饥饿，我们是多么可怜。我能看见丈夫正在与他那个秘密情人交谈。那女人穿得像个扫把，不仅衣衫褴褛，还很脏！肮脏至极，还露出了肮脏的内衣，一副让人生厌的样子，这让我感到恶心。然而，当我和四个孩子一起在队伍里排队时，我的丈夫却在她身边。我想他和我一样清楚那个女人在家里穿的衣服是什么样子的。她总是穿得比我好，也比许多白人穿得好。那是因为，他们说她是个妓女，赚了钱。似乎人们想要那个，即使在经济萧条时期也会付钱！"

肯赫弗太太深吸了一口气，停顿了一下继续说。

"很快，轮到了我从柜台处的年轻女士那里领取东西。在她的周围，我能闻到红豆的气味，我的口水都快要流到新鲜的玉米面包上了。我内心骄傲，但也很现实。我只是想给自己和孩子们领取一些东西。好吧，我就在那儿，孩子们都拉着我的裙摆，我尽量挺直身子，让最大的男孩站直，因为我是来要属于我的东西的，不是来乞讨的。我不会表现得像个乞丐。我想告诉你，那是一个很滑头的小妇人，有着蓝色的大眼睛和金黄色的头发，就是一个小姑娘。她拿起我的食品券，意味深长地打量着我和孩子们，然后望向我丈夫，她估计觉得我们的穿着太光鲜了。她看着我拽在手里的食品券，那样子就好像它们是脏的一样，然后，她把纸券转手给了排在我身后的一个老赌棍！她对我说：'汉娜·卢，从你的打扮来看，你不需要什么救济。''可是萨德勒小姐，'我说，'我的孩子们饿坏了。''他们看起来并没有，'她对我说，'现在走吧，这里有人可能真的需要我们的帮助！'身后队伍里的人们开始大笑或窃笑起来，那个小妇人用手捂着嘴笑。她给了老赌徒双倍的物资，而我和我的孩子们就要因为食物匮乏而倒下了。

"我的丈夫和他的女人也在其中,他们看到也听到了发生的一切,他们也开始大笑起来。他伸手去拿她的东西,一堆又一堆,然后帮她把东西放进了某辆车子里,便一起开车离开了。那是我最后一次见到他。或者她。"

"他们是不是在席卷蒂尼卡城的洪水中被双双冲下桥了?"罗茜姨妈问。

"是的,"肯赫弗太太说,"当时,像你这样的人也许也会帮助我的,尽管我佯装着不需要帮助。"

"所以……"

"所以,在那之后,我精神萎靡。我和孩子们搭别人的车回家,我像个喝醉了的女人一样摇摇晃晃地哄孩子们上床,他们都是可爱的孩子,从来不惹麻烦,尽管他们快要饿死了。"

这时,她的脸上显现出深深的悲哀,在此之前,她的脸平静而毫无表情。

"尽管三四天之后,那个老赌徒来把他剩下的分给了我们。孩子们还是一个一个地生病死掉了。老赌棍本来打算把钱全赌光。上帝召唤他怜悯我们。他认识我们,也知道我的丈夫抛弃了我，他说他很乐意帮助我们摆脱困境。但当他想到要帮忙的时候，已经很晚了，孩子们都已经走远了。除了上帝，谁也救不了他们。然而，上帝却似乎还有别的事情需要眷顾，比如那个卑鄙的小妇人在春天举行的婚礼。"

肯赫弗太太咬着牙说。

"我的精神从来没有从那次侮辱中恢复过来，就像我的心从来没有从我丈夫的抛弃中恢复过来，我的身体从来没有从饥饿中恢复过来一样。那年冬天，我开始枯萎，此后，一年比一年憔悴。这些年来，我的骄傲突然消失了，我在一个妓院工作了一段时间，只是为了赚些钱，就像我丈夫倾心的那个女人一样。然后我开始酗酒，试图忘记自己的所为，很快我就崩溃了，一下子变老了，就像你现在看到的我一样。大约五年前，我开始去教堂。我再次皈依是因为我觉得第一次皈依已然失效了。但是我不能平静。直到现在，我还会在梦中被那个小妇人侵扰。我总能感觉到我的灵魂在我内心被践踏，他们都站在那里笑，而她也站在那里捂嘴冷笑。"

"嗯,"罗茜姨妈说,"就像有很多方法会摧毁精神一样,同样也有很多方法可以修补精神。但像我这样的人不能两者兼顾。如果我要替你卸下耻辱的重担,我就必须以某种方式把它加到别人身上。"

"我并不在乎是否能被治愈,"肯赫弗太太说,"这些年来,我一直忍受着我的耻辱,我的孩子和丈夫被一个陌生的人从我身边夺走,这就够了。每天,我都带着埋在灵魂里的痛苦,就这样得过且过。但是,这么多年过去了,如果我知道那个滑头的小妇人到底发生了什么事,我会死得更轻松。这么多年,上帝不会让她幸福而让我痛苦。那是什么样的正义?那太可怕了!"

"别担心,妹妹,"罗茜姨妈温柔地说,"受人-神的恩惠,我可以使用许多力量。神赐给我的力量。如果你再也无法忍受梦中敌人的眼睛,那个从我们所有人的伟大母亲那里对我说话的人-神,将会确保那些眼睛被吃掉。假若你仇敌的手击打你,它势必无用。"罗茜姨妈举起一小块曾经光亮的锡。现在,它已经布满了斑点,暗黑而腐朽。

"你看到这块金属了吗?"她问道。

"是的,我看到了。"肯赫弗太太饶有兴趣地说。她把它拿在手里揉搓着。

"你想毁掉的小妇人的身体部位也会以同样的方式腐烂掉。"

肯赫弗太太把那块金属交还给了罗茜姨妈。

"你是真的好姐妹。"她说。

"这就足够了吗?"罗茜姨妈问道。

"只要不让她用手捂着嘴咧嘴笑,我愿意付出任何代价。"那女人说着,掏出了一个破皮夹子。

"她的手还是咧着的嘴?"罗茜姨妈问。

肯赫弗太太说:"嘴巴咧着笑,手却把它捂了起来。"

"一个部位十美元,两个部位二十美元。"罗茜姨妈说。

"那就算嘴巴吧。"肯赫弗太太说,"那是我在梦中最真切地看到的。"她把一张十美元的钞票放在罗茜姨妈的膝上。

"让我来解释一下我们要做什么,"罗茜姨妈说着走到那个女人身边,就像医生和病人说话一样,"首先,我们要制作一种业内使用了很长时间的药水。这是一个人的头发和指甲的混合物,再加一点他们的尿液和粪便,以及带有他们体味的衣服,我认为在这种情况下,我们可能会添加一撮花生灰,也就是来自墓地的灰尘。这个女人不会比你多活六个月。"

我以为这两个女人已经把我忘了,但此刻罗茜姨妈转向我说:"你必须去肯赫弗太太家一趟,教她背诵诅咒祷文。你要教她如何装扮黑色的蜡烛,如何向死神支付为她拦堵的代价。"

然后她走到搁置各种用品的架子旁,架子上是运气精华油、干草药、面霜、粉末和蜡烛。她拿起两支长长的黑蜡烛,放在肯赫弗太太的手里,还给了她一小袋粉末,让她一边祈祷诅咒祷文,一边把它烧在桌子上(作为祭坛)。与此同时,我需要向肯赫弗太太展示如何在醋里"装饰"蜡烛,这样蜡烛就会被净化,以便目的的达成。

她告诉肯赫弗太太,在接下来的九天里,每天早晚,她都需要点燃蜡烛,点燃粉末,并且要跪着背诵诅咒祷文,以集中所有的力量,把她的信息传达给死神和人 - 神。就我们所有人的至高母亲而言,她只能被人 - 神的请求所感动。罗茜姨妈自己也会在肯赫弗太太念诅咒祷文的同一时间诵念咒文，同时她也认为：两人同时满怀敬意地完成祈祷定能感动人－神，而人－神转而会解开死神的锁链，死神已经迫不及待地要降临到那位小妇人身上了。但是她的死亡来得很慢，因为人－神必须先听到所有的祈祷。

"我们会把我们所能收集到的她的东西——粪便、尿液、指甲屑等——放在能给你带来最好结果的地方。一年后，地球将摆脱这个女人本身，而你可以立刻摆脱她的笑容。如果你想要今天就能感受到快乐，只需要额外两美元，你愿意吗？"罗茜姨妈问道。

但肯赫弗太太摇了摇头。"知道她不到一年就会死去，我已经无忧无虑了。至于幸福，一旦你知道它是可以买卖的，它就会抛弃你。我没办法活着看到你工作的最终结果，罗茜姨妈，但冤情昭雪、自信重归、正直永存，我想即便在墓穴里，我也会更惬意。"

肯赫弗太太转身离开了，神气十足地走出了房间。她仿佛又恢复了青春，她的披肩就像一件华丽的外袍，她的白发似乎熠熠生辉。

2

致人-神：神啊，我曾被仇敌考验、亵渎、欺骗。我善意的想法和诚实的行为最终变成邪恶和欺骗。家人不被尊重，孩子们承受诅咒和虐待。亲人们受到污蔑和质疑。人神啊，我求你让我的仇敌遭受他们应得的。

南风必烤焦他们的身体，直至枯萎而不予怜悯；北风必冻僵他们的血液，使他们的肌肉麻木而不予同情；西风必吹散他们的生命力，使他们的毛发寸草不生，令他们必遭指甲脱落，骨头粉碎；东风必魅惑他们的心智，让他们必遭眼目失明，精血贫瘠，无法生养。

我祈求他们最远古的祖先不要在神面前为他们求情。他们女人的子宫不会为自己的丈夫生育，他们必遭灭绝。我祈祷那些降临的孩子们愚昧失智，四肢瘫痪，他们甚至也会诅咒自己体内的生命气息。我祈祷疾病和死亡与他们同在，他们的物资不再充沛，庄稼不再繁茂，他们的牛、羊、猪，和其他所有的牲畜都因饥渴而死亡。我祈祷雨水雷电必找到他们家园里最深处的洞穴，推倒地基，掀翻屋顶，击碎房屋。我祈祷太阳不会仁慈地把它的光芒洒在他们身上，相反，它会殴打他们、烧毁他们、毁灭他们。我祈祷月亮不会给他们安宁，反而会嘲笑他们、谴责他们，使他们的心灵萎缩。我祈祷他们的朋友会背叛他们，让他们失去权力、失去金银，他们的敌人会殴打他们，直到他们乞求怜悯，而他们不会得到怜悯。我愿他们的舌头忘记如何说动听的话，以至瘫痪，周围尽是荒凉、瘟疫、死亡。人神啊，我求你这一切，因为他们把我拉入尘土中，败坏我的好名，伤了我的心，使我诅咒我出生的日子。那就这么定了。

这种诅咒祷文是巫蛊师才能运用和讲授的，我不像罗茜姨妈那样能熟记在心，所以，直接从佐拉·尼尔·赫斯顿的书《骡子与人》中借用一段吟诵，肯赫弗太太和我一起跪着学习。我们很快就在蜡烛上涂上醋，点燃蜡烛，跪着祈祷——有节奏地吟诵祷文——好像我们已经这样做了很多年了。我被肯赫弗太太祈祷的热情所感动。她常常在闭着眼睛、握紧拳头，紧咬手腕内侧，就像希腊的女人那样。

3

根据法院记录,莎拉·玛丽·萨德勒,这个"小妇人"出生于1910年。大萧条时期,她二十岁出头。1932年,她嫁给了本·乔纳森·霍利,后者拥有一个种植园和一处不错的用材林,后来还继承了一家小型连锁杂货店。1963年春天,霍利太太五十三岁。她是一男两女三个孩子的母亲;男孩是个生意萧条的服装推销员,女孩们结婚生育,平凡无奇。

老霍利一家住在六英里外的乡下,他们的房子很大,霍利太太的爱好是购买古董,与有色妇女闲聊,讨论丈夫的健康和新出生的孙辈,以及制作蛋奶面包。我从霍利家厨子酒后的胡言乱语中得出了这些信息,那厨子是一个患痛风的恶毒保姆,在她年轻时,至少照料过一个皮肤黝黑的霍利,被霍利家族送到莫尔豪斯学院[1]后成了传教士。

"我敢打赌,我能从保姆那里得到所有对我们有用的

---

[1] 莫尔豪斯学院(Morehouse College),美国亚特兰大历史悠久的一所招收非裔学生的私立男子文理学院。

信息，和我们所需要的指甲屑。"我对罗茜姨妈说。我做出这样的判断是因为这个坏脾气的女人像猪一样喝麝香葡萄酒，并且她显然讨厌霍利太太。然而，难点是她很难醉到胡言乱语的程度，而且我们的资金流马上就要断了。

"这不是办法。"一天晚上，罗茜姨妈坐在她的车里，看着我带着保姆走出六叉酒吧，那个气氛沉闷的流言聚集地时说道。我们已经在麝香葡萄酒上花了六美元。

"你不能相信流言蜚语或醉鬼，"罗茜姨妈说，"你要让那个女人给你所需要的一切，而且是她亲口说的。"

"但，这是我听过最疯狂的事情，"我说，"我怎么能控制得了她？她肯定会发疯或者被吓死吧？"

罗茜姨妈只是咕哝了一声。

"首要原则。对人的观察。把这句话写下来，记在你皱巴巴的笔记里。"

"换言之？"

"要直接，但不要生硬。"

在去霍利种植园的路上，我有了一个主意——假装去寻找一个虚构的人，然后我又有了一个更好的想法。我把罗茜姨妈的博纳维尔牌汽车停在宽敞的院子边上，院子里点缀着含羞草和山茶花。罗茜姨妈坚持说让我穿一件明亮的橙色长袍，当我走路的时候，它在我的腿上摩擦着，发出噼里啪啦的响声。霍利太太正站在后院台阶上和一个年轻漂亮的黑人女孩交谈，他们惊奇地注视着我长长的明艳盛装。

"霍利太太，我想我该走了。"女孩说。

"别傻了，"霍利太太以主妇的姿态说，"她只是一个浅肤色的非洲人，在去某个地方的路上迷路了。"她捅了捅那个黑人女孩的肋骨，两人都咯咯地笑了起来。

"您好吗？"我问。

"很好，你呢？"霍利太太说道，黑人姑娘斜眼看着。她们说话时头靠得很近，在我说话时，她们站了起来。

"我在找乔赛亚·亨森。"我本想补充下，这是一个逃跑的奴隶，哈丽特·比彻·斯托小说中汤姆叔叔[1]的原型。"您能告诉我他是住在您家吗？"

"这个名字听起来太熟悉了。"黑人女孩说。

---

1 指美国经典小说《汤姆叔叔的小屋》中的主人公。

"您是霍利太太吗？"趁霍利太太分心确认自己从未听过那个名字时，我搭话道。

"当然。"她笑着说，一边打褶裙子的一侧。她有着浅色的金发和一张因未曾经历风吹日晒而显得灰白的脸，每只手上的五根手指粗壮饱满，显示出她养尊处优的生活状态，"这是我的朋友，卡罗琳·威廉姆斯。"

卡罗琳僵硬地点点头。

"有人告诉我老乔赛亚可能在这条路上……"

"嗯，我们没见过他，"霍利太太说，"我们刚才在这里剥豌豆皮，享受这明媚的阳光。"

"你是一个浅色非洲人吗？"卡罗琳问道。

"不是，"我说，"我是一位巫蛊师，我和罗茜姨妈一起工作。我正在学习这个职业。"

"这到底是什么工作？"霍利太太问，"我本以为像你这样漂亮的女孩会找到更好的方式打发时间。我打小就听说过罗茜姨妈，但人们都说，巫蛊是一大堆乱七八糟的……怎么说呢，我想是有色人种的愚蠢的东西吧。我们当然不相信这种事，对吧，卡罗琳？"

"当然，不。"

年轻女人把一只手搭在年长女人的胳膊上，显得非常亲密，好像在说："你正在用疯狂的乱七八糟的东西玷污白人的耳朵，快离开这里！"这个时候，一张懊恼的黑色的脸从厨房的窗户映出，发出各种"走开"的信息。是那位酗酒成性的保姆。

"不知您是否能证明您不相信巫蛊之术？"

"证明？"白人妇女愤怒地说。

"证明？"黑人妇女轻蔑地问。

"就是这个词。"我说。

"啊，我是不怕什么黑人的魔法的！"霍利太太坚定地说，一面把一只手放在卡罗琳的肩膀上安慰她。我是黑人，她不是。

"如果确实如您所说的话，您能不能向我们展示一下，您有多么不害怕它。"我用"我们"这个词把卡罗琳和我归为黑人同类。就是让她哑巴吃黄连！现在这位伟大的白人革新者和科学卫士——霍利太太，她孤身一人，被迫在基督教堡垒里对抗异教黑人。

"当然可以，如果你愿意的话。"她立刻说，同时以最英式的风度挺直了身子，绷紧了上嘴唇。什么？她就是这样做的。在此之前，她始终都在咧嘴笑。现在她用两片薄薄的嘴唇遮住牙齿，整张脸变得扁平而坚毅。就像这个国家种族"纯洁"地区的许多白人妇女一样，她的嘴可以用细剑轻轻一划就形成。

"您认识汉娜·卢·肯赫弗太太吗？"我问。

"不，我不认识。"

"她不是白人，霍利太太，她是黑人。"

"汉娜·卢，汉娜·卢……我们认识一个汉娜·卢吗？"她转向卡罗琳问道。

"不，夫人，我们不认识！"

"可是，她认识您。她说她在大萧条时期，在分发面包的队伍中遇到了您，并且因为她穿着还算体面，您就拒绝为她发任何玉米粉或红豆，或是别的什么。"

"排队领面包，大萧条，穿着体面，玉米粉？我不知道你在说什么！"有谁能对二十多年前和有色人种之间的琐事记得那么深刻？

"这其实没有关系,因为您不相信……但她说您冤枉了她,作为一个忠诚的基督徒,她相信所有的错误最终会在面向上帝安息之日得到纠正。所以,当她觉得见主的好日子可能太远了时,她来寻求我们的帮助。罗茜姨妈和我都不知道该如何处理这个案子,因为我们从不接手不当的破坏性工作。"我谦卑地说了这段话,说话时尽可能地用虔诚的语调。

"嗯,我很高兴。"霍利太太说,她一直用手指数着过去的年头。

"但是,"我说,"我们告诉了她让精神平静的方法,因为她说您在不经意间剥夺了她的安宁。并且,第二年春天您就结婚了。"

"那是1932年,"霍利太太说,"汉娜·卢?"

"是的。"

"她有多黑,有时候我可以通过这样记起一些人。"

"那无关紧要,"我说,"因为您不相信……"

"我当然不相信!"霍利太太说。

"我跟你们之间的恩怨无关,"我说,"罗茜姨妈也一样。在肯赫弗太太离开之前,我们都不知道您就是她说的那个女人。我们知道,在每年的圣诞节期间,您对贫穷的有色人种的孩子们都给予深切而真诚的关照;您竭尽所能地雇佣穷人在自家的农场工作;您一直是教会慈善活动的模范,也是兄弟之爱行动的灯塔。就在这里,我亲眼看到您与黑人相处融洽。"

"你到底想要什么?"霍利太太问。

"肯赫弗太太想要的是一些指甲屑,不多,几片就好;一些头发(梳子上的就可以),一点儿尿液和粪便——这两件中,如暂有不便,我可以等着——还需要几件衣服,比如您去年穿过的旧衣服,只要上面有您的味道就行。"

"什么!"霍利太太厉声尖叫。

"他们说,这些东西,加上正确的祈祷,可以侵蚀一个人的身体,就像小瑕疵会毁掉整套精美的古董锡器。"

霍利太太脸色变得惨白。卡罗琳仿佛带着母性的关爱,伸出双手搀扶着她在后院露台的椅子落座。

"去把我的药拿来。"霍利太太说。卡罗琳像羚羊一样就地奔了起来。

"走开！走开！"

幸好，我及时转过身来，我的头躲过了巨大的布满灰尘的拖把一劫。是那个酒醉成性的保姆，此时，她清醒得很，飞跑过去保护她的女主人。

"这个女人不是正经人，是个骗子！"她安慰霍利太太，后者真的晕过去了。

4

在我见到霍利太太后不久，汉娜·肯赫弗的葬礼举行。我和罗茜姨妈跟着棺材来到了墓地。此时的罗茜姨妈一袭黑衣，最为优雅。之后，我们穿过荆棘和草丛来到公路上。肯赫弗太太就安息在这里一处枝叶茂密的小树林里，虽然离她的丈夫和孩子们还算近，但她依然是自己一个人。几乎没有人来参加葬礼，这使得霍利太太的保姆和丈夫的出现更加引人注目。他们来这里是为了证实这名死者确实是汉娜·卢·肯赫弗，霍利先生已动员全县民兵发起了对这个女人的寻找。

几个月后，我们在报纸上看到消息：莎拉·玛丽·萨德勒·霍利也去世了。报道谈及了她年轻时的美貌和活力，她婚后对不幸者的关注以及对社区和教堂事务的支持，同时也简短地谈及她所患的严重而绵缠于身的疾病。据报道所称，所有认识她的人都确信：在她瘦弱的身体已然在尘世忍受了如此多身心的痛苦后，她的灵魂定然会在天堂得到安宁。

卡罗琳告诉了我们霍利太太病情的恶化过程。在我拜访之后，她们之间的关系随即变得紧张起来，霍利太太最终因为害怕卡罗琳的黑人血统而不允许她接近自己。在我和她们的谈话发生一个星期后，霍利太太就开始在楼上的卧室吃饭。然后她开始在那里做其他的事情。她把头上和梳子上散落的头发搜集起来，带着极度的谨慎和执着，甚至伴随着绝望。她吞下自己的指甲。但最奇怪的是她对肯赫弗太太关于粪便和尿液样本请求的回应。她不再相信水中残渣的秘密，不再冲水。霍利太太喜欢把她吃过的东西保存起来（起先，保姆用"几乎什么都没吃"来形容霍利太太的饮食，后来，这个词汇变成了"什么都没吃"），她和保姆一起把这些东西或者装在桶里，或者装入塑料袋，然后放在楼上的壁橱里。几个星期后，没有人能忍受这房子里散发出的气味，就连霍利太太的丈夫也无法忍受。他是爱她的，但在她死前的几个星期，他都睡在保姆住的房子中一间空房间里。

那张躲在双手后面咧开笑的嘴不再笑了。对丢失头发的担忧和房子里散发的恶臭刺激着她的手不停地寻找，眼睛茫然地凝视，嘴巴扭曲地闭合，唯有死亡才能抚平这一切。

迎宾桌[1]

献给我的姐妹克拉拉·沃德[2]

我要坐在迎宾桌旁

大声说出我的烦恼

我要与耶稣散步交谈

告诉上帝你如何对待我

总有一天!

——灵歌[3]

老妇人睁大眼睛站在那儿,身上穿着星期天聚会的服饰:高帮鞋磨着她的脚背和脚趾,一条赭色的长裙,上面

---

1 迎宾桌("The Welcome Table"),非裔美国人中流传的一首民歌。"迎宾桌"源自新约《启示录》中"羔羊的婚筵",是相信耶稣基督的人们在天上欢聚的时刻,但非裔美国人却并不受这场聚会的欢迎,而这首民歌就表达了被奴役的非裔美国人希望"桌子"流动起来的愿景,在美国20世纪60年代的民权运动中起到重要作用。
2 克拉拉·沃德(Clara Ward, 1924—1973),美国福音歌手,她的音乐对艾丽斯·沃克影响深远。
3 灵歌(Spiritual),与非裔美国人有关的基督教音乐类型,通常根植于圣经故事,描述了从17世纪到19世纪被奴役的非裔美国人所遭遇的极端艰辛。后来也衍生出许多新的音乐流派。

装饰着一朵早已枯萎的旧胸花,还有一条精美的丝巾边角料做成的头巾,上面沾满油腻的辫子上的油脂。她已历尽苦难,沧桑的蓝棕色眼睛流露出迷茫和困倦的神色。她的脸庞像一扇古老的门紧紧关闭着,对于那些急于想从这张紧绷的老脸上寻找"某些原因"的人来说,没有什么是可获知的。于是,他们只能眼睁睁地注视着自己的恐惧转移:这是一种对黑人和老人的恐惧,一种对未知的恐惧,以及对深知的恐惧。在教堂的台阶上看到她的人中,有些人说了些不堪入耳的话,其他人则虔诚地保持着沉默;有些人怀着隐约的怜悯之情,微小、持续而模糊,仿佛她是一只死去的牧羊犬。

她棱角分明、身材瘦削,肤色灰白如佐治亚州那可怜的土地,受过棉花王[1]和极端天气的摧残。她的手肘又皱又粗,呈灰白色但很结实,就像老松树的树皮一样。在她的脸上,皱纹像是印刷品一般,分别蚀刻和映射在两只眼睛周围,仿佛蕴藏着几个世纪的沧桑,昭示着过往的残酷

---

1 棉花王(King Cotton),南北战争之前常被南方政客引用的俗语,以此强调棉花对南方种植园经济的重要性。

岁月。教堂里，有些人看到了她的老态龙钟，看到了她霉黑的长裙前襟缺失了纽扣；其他人则看到了厨师、司机、女仆、情妇和孩子，因为她顺从地把脸侧向一边，朝着地面。许多人在邪恶之地看到了丛林纵欲，另一些人则想起了暴乱的无政府主义者在街头抢劫、强奸。那些知晓法律正悄然向他们袭来的人看到了基督徒礼拜圣所终结的开端，看到了对圣教会的亵渎，也看到了对他们挣扎着想相信仍保存完好的隐私的侵犯。

尽管如此，她还是独自一人沿着大路向白色大教堂走去。只有她自己，一个健忘的老妇人，几乎是老眼昏花。只有她，呆呆地望着那座银色尖塔顶端闪闪发光的十字架。她从家出发，蹒跚地沿着大路走了半英里。她的眉毛上沾着汗，汗水顺着她瘦削的鼻子两旁的皱纹流下，又冷又黏。她在门前宽阔的台阶上停了下来让自己平静，并没有如人们所料的那样环视周围，她只是静静地站着，喉咙微微颤抖，并抖动着穿着棉袜的双腿。

她走进前厅时，教堂的牧师面带笑意地拦住了她。如人们所料，牧师和善地说道："阿姨，您知道这不是您的教堂吗？"好像是她走错了教堂。谁也记不得会有走错教堂这桩事，他们从未提起过这种事儿。接着她还是从牧师身边走过，仿佛她一直是这么做的，只是这一次她很匆忙。进了教堂，她坐在后排的第一张长凳上，聚精会神地盯着头顶的彩绘玻璃窗。天很冷，教堂里也是，她冷得直哆嗦，这一点每个人都能看到，当人们走进去看到这一幕时，他们会往前面坐。天真的很冷，对他们来说也很冷。教堂外的气温已达到零下，里面温度也与外面相差无几。但是，当人们看到她坐在那儿对他们爱答不理的样子，他们顿时感到怒火中烧。

这位年轻的迎宾员之前从未将任何人赶出过教堂，甚至也从没考虑过这样做（可是毕竟，她显然没有权利待在这儿）。他走到她跟前，低声耳语表示她应该离开。说完，他突然想到自己是不是喊她"奶奶"了呢？后来他似乎回忆起他确实喊过。但是对于那些听到这种客套话并且认为它有意义的人来说，他们知道这位"奶奶"可不和蔼，因为她根本没有理会他，只是用一种微弱、尖锐、不耐烦的声音咕哝道："走开。"然后用手把他那冰冷的金发和眼睛从她脸旁赶走。

最后是几位女士做了分内之事,她们使出了激将法让她们魁梧却又优柔寡断的丈夫表明了态度,要把这位黑人老妇人攮出去。上帝、母亲、国家、土地、教会。这一切她们都知道。她们带着皮包、穿着皮鞋、戴着牛皮手套来御寒。她们轻蔑地看着老妇人那双毫无血色、患有关节炎的灰手,那手不安地、松松垮垮地搭在膝上。她们的丈夫会希望她们和"那玩意儿"一起坐在教堂里吗?不,决不,男人们回答得不但坚决,而且快速地履行了他们的职责。

他们把拳头塞到了老妇人的臂弯下(随即闻到了浑浊的腐烂味和麝香味,那是洋葱皮和腐烂蔬菜的发酵气味),在她臂弯下举起拳头,耸起肌肉发达的肩膀,便把她攮出了门,赶回那寒冷的外头。妇女们弯曲着她们那没有异味的胳膊,叉在她们匀称的腰间,感到这样做合情合理,又觉得自己很了不起。但是她们谁也没有这么说,因为她们再也没有提起这件事。教堂里暖和多了。他们引吭高歌,虔诚祈祷。当布道充斥着怒火,并对着忏悔者头顶上方肆意宣泄时,上帝毫无偏私的爱的庇护与应许反而变得更加令人神往。

那老妇人站在台阶顶上，茫然地四下张望着，她脑袋里一直在唱着歌，是他们打断了她。很快，她又唱了起来，不过这次是一首悲伤的歌。然而，突然间，她顺着那条长长的灰色大路眺望，看见了一个有趣而令人高兴的东西正向她走来。她咧开嘴笑了起来，发出咯咯的笑声，嘴中的牙齿都已脱落。她一边跳来跳去，一边用手拍打着膝盖。为什么这么高兴呢？显而易见，因为走在大道上的是耶稣啊，他的步伐稳健而悠闲。他穿着一条洁白无瑕的长袍，领口和下摆镶有金色的花边，还有一件鲜红的披肩。他的左臂上挽着一条蔚蓝色的毯子，脚底踩着凉鞋，脸上留着胡子，头顶的棕色长发向右梳开。他的眼睛是棕色的，周围长有皱纹，那是他经常微笑或是看着太阳的表征。无论在哪儿，她都会认出他来。他的脸上流露出一种半喜半忧的神情，仿佛他的背后有一根蜡烛在燃烧。他坚定又平稳地向她走去，仿佛是在海上行走。除了没有抱着一只小羊羔之外，他和她挂在家中床头的照片相差无几。照片是从一位白人女士家中的《圣经》里拿来的，她曾经为这位女士干过活。她到底从什么时候开始端详这张照片，已经记不清了，但她从来没有指望过能亲眼见到他。她眯着眼睛想确认他没有抱着那只小羊羔，确实如此。她欣喜若狂地挥舞着手臂，生怕他会看不见她，他一边走着一边直勾勾地看着前头大路的路肩处，不时抬头望望天空。

当他靠近她时，只说了句"跟我来"，老妇人就蹦跳着来到了他身边，虽然一副老态龙钟的模样。他每迈出一大步，她便快步走两步。他们默默地走了很久。终于，她开始诉说多少年来，她为他们做饭，为他们打扫，辛苦照料他们。他温柔地看着她，但沉默不语。她义愤填膺地说，正当她在脑海中唱着歌、没有注意的时候，他们抓住了她，把她丢出了他的教堂。她在耶稣身旁挺直身子，喘着粗气，说道：我就像一头老母牛啊。耶稣只是朝着她微微一笑，她立刻感觉好多了。时间飞逝而过。他们路过她在路边的屋子，凄凉残垣，饱经风霜。她很高兴能与耶稣一同沿着公路散步，甚至没有注意到路边的屋子。

她再一次打破沉默，告诉耶稣，对于他的到来她是多么的高兴；告诉他，她常常看着挂在床头墙上的照片（她希望他不知道这是偷来的），以及她怎么也没想到她能亲眼看到他。耶稣莞尔一笑，又继续往前走去。她不知道他们要去哪儿，她猜测可能是一处美好的地方。他们脚底的地面就像云一般柔软，她觉得可以永远走下去，而不会有丝毫疲惫。她甚至放声歌唱一些她喜欢的旧灵歌，但她不想打搅耶稣，他看起来若有所思的样子，所以她安静了下来。他们的目光越过树梢，望向天空，继续行走。她微笑着，那被朔风吹裂的脸上泛起了笑容，就像一潭死水中荡漾开的第一道澄澈的涟漪。他们不停地走着。

教堂里的人根本不知道老妇人的下落，他们从未向彼此或其他人提起过她。大多数人后来听说，有一个黑人老妇人倒在公路上死了。虽然听起来可能很荒谬，但她似乎是走到死的。沿途的很多黑人家庭说，他们看到一位老太太阔步走下公路，有时低声而反复地喃喃自语，有时高声歌唱，有时只是兴奋地用手比画着；其他时候，她只是沉默和微笑着，看着天空。据他们所说，她一直是孤身一人。有些人说出心中疑问：她究竟要走到哪里去，走得这么急，以至于都精疲力竭了？他们猜，也许她在几英里外的对岸有亲戚，但是没有人真正知道。

浓马茶

兰尼·图默[1]的小男孩斯努克斯，因为双侧肺炎和百日咳奄奄一息。她远远地坐着，注视着那低矮的炉火，粗糙的下嘴唇垂落着。她未婚，其貌不扬，平庸无奇。斯努克斯就是她的全部。

"上帝啊，那个医生为什么还不过来？"她呻吟道。泪水从她浑浊的眼眶中滑落。自从斯努克斯五天前生病，她就没有洗过脸，灰白的脸上留下一长串白色的泪痕，好似蜗牛足迹。

"你应该试试土方子。"莎拉敦促道。她是一位邻家老妇，脖子上挂着用负鼠皮缝制的魔法叶子，边缘装饰着一条干蜥蜴的脚。人们都说她精通法术，会施展魔法。

"我们要找医生。"兰尼·图默坚定地说着，并走上前把孩子额头上一只肥硕的冬蝇赶走，"我可不相信什么野路子魔法。小时候，我用过的那些土方子差点要了我的命。"

---

[1] 原文为 Toomer，英语中"tumor"（肿瘤）的谐音。

斯努克斯躺在堆砌着的褪了色的被子底下，好似床上垒起了一个坟墓似的小土堆。他的头像一个涂了油灰的黑色圆球，夹在薄薄的被子和暗黄的脏枕头之间。他的小眼睛半睁着，仿佛正透过他极度瘦小的脑袋窥视着这个阴冷的屋子。他沉重的喘息拂动着嘴边的被单发出微弱的沙沙声，仿佛风在浅沟里吹动潮湿的纸张。

"你觉得那个医生什么时候会来？"莎拉问，她并不指望兰尼会回答她。她坐在那里，叉开着的两膝藏在布满污渍的层层叠叠的围裙和黑色长裙下面。她时不时地伸出干裂的长长的手指扫落潮湿裙子上的煤灰火星。虽说已到春天，但是寒风依然刺骨，她需靠得壁炉很近，才能感到温暖。她粗糙的面部镶嵌着一双深邃而锐利的眼睛。此刻，她的眼睛湿润，带着一种忧郁的蓝色，就像鹰一样，死死地盯着某处。她冷冷地看着兰尼，并用手杖敲打着炉石。

"白人邮差，白人医生……"她心存疑虑低声反复念叨着，仿佛是要驱逐邪灵似的。

"他们必须得来看看这个孩子。"兰尼望眼欲穿，"人们怎么能无视我的斯努克斯,像他这样生病的小婴儿呢?"

"我们对一些人的了解并不像我们想象的那么多。"老妇人回答说,"你要给你的孩子用一两道偏方——竹芋、黄樟、丁香或是浸过猫血的奶嘴糖。"

兰尼·图默的脸一沉。

"我们压根不需要女巫的鬼法子。"她喊道,一边紧攥着孩子被包裹着的脚趾,似乎想给他注入生命力,就像揉搓面团可以让它变得更筋道。

"我们要找医生打几针,孩子一定能药到病除,恢复健康,并且强壮起来。"

在她讲话时,她的头就在儿子脚的上方,仿佛把儿子当成一座祭坛。"宝贝,医生很快就来了。"她轻声对他说,然后站起身看向窗外,那窗户肮脏不堪。"我会给邮差留信儿的。"她把脸蹭在玻璃上,凝望着外头的雨。原本就塌的鼻梁变得更加扁平了。

"你好,兰尼·梅。"一位红脸的邮差像往常一样愉快地打招呼,然后等着站在车旁的兰尼向他提问。通常,她会问那些印有她所需物品的精美图片的传单是什么。拿到传单是否意味着之后会有人来给她帽子、手提箱、鞋子、毛衣、外用酒精、家用的取暖器和孩子的一顶皮帽？或者，她会问，如果她不能得到传单里的东西，为什么他还总是把传单给她呢？或者，她会问，这几个字是什么意思？特别是用红色标明的大字"特价活动"。

他会简明地跟她解释，镇里的商店会发传单宣传它们的商品，要是想得到传单上的商品，唯一的办法就是到镇里去买。她总是张着嘴听他说完。然后，她会用一种呆滞而惊奇的表情惊呼，每个人都知道她身无分文，她永远买不到其中的东西了——那为什么商店还一直给她寄传单呢？

他又试图向她解释，每个人都会收到传单，不管他们有没有钱买东西。这是广告法则之一，他对此也无能为力。他确信她永远也不会明白他所讲的有关广告的相关知识，因为有一天她找他要多余的广告传单，当他问起她要这些做什么的时候——因为她根本买不起广告中的商品——她只是说她需要它们去堵上房子里漏风的地方。

今天,他觉得她看起来比平时更加无知,因为她把还滴着水的脑袋塞进了他的车里。他一边擦去她滴在汽车塑料门把手上的水,一边缩着身子躲避她的气息,几乎没有注意她在一直念叨她生病的婴儿。

"好吧,在这样的雨天,它们永远也不会彻底干燥或暖和起来。"他心不在焉地咕哝着,把一沓宣传吹风机和雪花膏的广告传单塞进了她手中。他希望她可以离他的车子远些,这样他就可以离开了。但是她紧紧地贴在车边,口中喋喋不休地嘀咕着"斯努克斯""新生儿肺炎""打针",以及她多么需要一位"真正的医生"。

"是吗?"他时不时表现出同情,与此同时情不自禁地打了个喷嚏,因为她把湿气带进车里,他预感自己要感冒了。像兰尼·梅这样的黑人总是让他感到不安,尤其是当他们不太好闻的时候,而且你能分辨出他们状态不太妙。此时,兰尼倚在他身上,下半身浸在雨中,闻起来像一只湿山羊。她那双又黑又脏的眼睛紧盯着他,带着绝望的神情,让他紧张起来。

为什么有色人总是希望你为他们做点什么?

这时，他清了清嗓子，做了一个向前的动作，好像是要把车窗摇起来。"啊，听到那个小家伙的事，我真的很难过。"他边说边摸索车窗摇柄，"我们会看看我们能做些什么！"他给了她一个他自认为是友好的笑容。天啊！他并不想伤了她的心！她站在大雨中，看起来是如此的可怜。突然，他有了一个主意。

"你为什么不试试莎拉老太太的土方子呢？"他笑眯眯地建议道。他和县城里的人一样都半信半疑地认为，那个蓝眼睛的黑人老妇人掌握魔法。这种魔法，即使对白人无效，也可能会适用于黑人。但是兰尼·梅听后差点要把车掀翻了，她一个劲儿摇着头和身子，坚决地说："不！"她伸出一只湿漉漉、结痂的手抓住了他的肩膀。

"我们要医生，一个货真价实的医生！"她尖叫着，哭了起来，眼泪落在他身上，"你给我们从镇上找名医生。"她一边哭吼着，一边摇晃着他那新花呢大衣下隆起的结实肩膀。

"就像我说的，"尽管他已经对她不耐烦了，但还是无力地拖长声音说，"我们会尽我们所能。"然后他急忙摇上车窗，沿着大路疾驰而去，一想到她把手搭在他的肩上，他就感到极不舒服。

"土方子！土方子！"兰尼·图默一边咒骂着这些字眼，一边舔舐着从脸上流下的滚烫泪水，这是她此刻唯一的温暖。她转身走回那条通往她家的小路，湿漉漉的广告传单被她踩在脚下。她来到了一片牧场，从篱笆下钻了进去，周围有几十头白人圈养的肥壮奶牛、一匹灰色的老马和一两头骡子。她和斯努克斯住在牧场中的一处房子里，房子周围就是动物的栖息地。

与邮差谈话结束后不到一小时，她盼望着医生的到来，一抬头却看到老莎拉拄着拐杖从草地上蹒跚走来。烟囱里冒着烟，她无法假装不在家，只好让莎拉进屋，并把她的"魔术袋"放在前廊。

兰尼想，像她这么老的女人，应该忘掉如何使用她那黑鬼魔法去治愈别人，相反，她应该考虑先把魔法用在自己身上。兰尼绝不会让她碰斯努克斯一根手指头。她警告她说，假若她胆敢碰下斯努克斯，她就会用她自己的手杖打她的脑袋。

"他会来的。"兰尼·图默坚定地说，她努力睁大眼睛，透过雨帘凝望着。

"让我告诉你，孩子。"老妇人温柔地说道，"他不会来的。"说着，呷着盘中残剩的热汤。兰尼想，这个人什么时候才能知道，她只能指望"真正的医生"会来。

"但我告诉过你，"兰尼恼怒地说，仿佛在解释给身后的孩子听，"我叫邮差给我的斯努克斯带个医生！"

冷风从窗框的裂缝穿过向她袭来，褪色的广告传单从墙上脱落，被吹落在地。老妇人悲观的预测让她浑身一颤。

"他是把医生请来了。"莎拉边说，边用手擦着盘子，"要不然你认为是什么让我趟这场大雨？我可以告诉你，我可不是为了看雨后的彩虹啊。"

兰尼·图默听了面色苍白。

"我是医生，孩子。"莎拉转向兰尼，目光呆滞却透着智慧，"那个邮差只把消息带到我家门前。幸好他肺很好——像我这样的聋子花了好一通时间才弄懂他在喊什么。"

兰尼开始哭泣，呻吟着。

突然，斯努克斯从床上传来的呼吸声似乎淹没了外面雨水倾泻的声音。兰尼·图默可以感受到他的喘息使整个屋子都在颤抖。

"给！"她喊道，一把抓起孩子递给了莎拉，"治好他，我的上帝啊，求你治好他！"

莎拉从壁炉旁的座位上站起身来，接过这个小婴儿，他的眼睛和嘴巴周围已经变成了青紫色。

"我们不要让这个小家伙徒增不安了。"说着，莎拉把婴儿放回床上。她开始轻轻地一边检查他，一边哼着异教徒的小调，她的哼唱仿佛带着一种忧郁的魔力掩盖了屋外的风雨声。她脱去孩子所有的衣服，戳了戳他那纤维组织匮乏的小肋骨，然后对着他的胸膛吹气。她用柔软的苍老的手指抚摸着孩子纤细平坦的背部。孩子沉沉地睡着，呆滞的小眼睛既没有完全睁开，也没有完全闭合。

兰尼·图默在床边坐立不安，看着老妇人抚摸着婴儿。她想到自己浪费了那么多时间等待真正的医生就感到深深的内疚，如一块大石压在她的心头。

"莎拉姨妈，无论你说什么，我都照做。"她哭着，用裙子擦着鼻子，"任何事！上帝保佑，只要让他好起来！"

老莎拉给婴儿穿上了衣服,在壁炉前坐下。她深思了一会儿。兰尼先是凝视着她沉默的脸,然后又看着孩子,自从莎拉抱起他后,他的呼吸似乎缓和了。

"快做点什么吧!"她在心里催促着莎拉,已经完全寄托于她的魔力了,"做点什么吧,让他好起来叫我声妈妈!"

"孩子快死了。"莎拉直言不讳,并有言在先地指出自己的能力有一些局限,"但我们还是可以做点什么的。"

"是什么,莎拉姨妈,是什么!"兰尼跪在老妇人的椅子前,双手紧扣哭泣着。她渴望的眼睛紧盯着莎拉的嘴唇。

"我能做什么?"听着床上传来的微弱且吃力的呼吸声,她急切地催促着。

"需要一个强大的胃。"莎拉缓慢地说,"一个很强大的胃。而现在你们大多数年轻人都没有。"

"斯努克斯的胃很结实。"兰尼·图默焦急地看着莎拉,一脸严肃地说道。

"不是他要有个强大的胃。"莎拉说,低头瞥了一眼兰尼,"是你得有个强大的胃……他不会知道他喝的是什么。"

兰尼·图默的胃部深处开始打颤。她想,它如此颤抖,毫无疑问它肯定很脆弱。但她想给斯努克斯喝什么呢？不是猫血！也不是像她听说的给头痛的人调制的像蝙蝠翅膀一样乱七八糟的东西……

"那是什么？"她小声地说，把头凑近莎拉的膝盖。莎拉俯下身子，把掉光了牙齿的嘴巴凑到她耳边。

"现在唯一能救这个孩子的办法，就是喝上点上好的浓马茶。"她盯着兰尼的脸说道，"这是唯一的办法。如果你想让他好起来，你最好去找一些。"

兰尼·图默拿起她湿漉漉的外套，穿过门廊走到牧场。雨点落在她的脸上，像一个个冰雹。她朝着树林的方向走去，在那里她能看到一些庞大而模糊的奶牛身影。她那单薄的塑料鞋子深一脚浅一脚地陷入泥巴里，但她奋力前进，去寻找那一匹灰色的母马。

所有的动物都动了起来，朝着兰尼翻着又大又黑的眼睛。她尽量不发出声响，倚在一棵树旁等待。

雷声从天边响起，就像一辆大卡车的轮胎在崎岖的泥路上隆隆作响。闪电撕裂天空，停留一刹，然后像一个巨大的爆竹炸裂开来，又伴随着空桶滚动的声音逐渐远去。

闪电划过天际，点亮整个天空，电光闪烁。

兰尼·图默浑身都湿透了，她站在树下，祈祷着自己不会被闪电劈中。她小心翼翼地窥伺着那匹灰母马的臀部近一小时。此刻，它若无其事地伸展着自己沾满泥浆的前膝。

就在那一刻，兰尼·图默突然意识到她没有带盛珍贵的马茶的工具。闪电击中了不远处的什么东西，树林里发出噼里啪啦的声响，把动物们都吓跑了。兰尼·图默试图脱下一只塑料鞋来接马茶，却一下滑倒在泥地里，而那只灰母马却一溜烟奔向几码外的杉树丛中，同时流下几滴马茶。

如果兰尼·图默能跟上母马奔跑的步伐，她就能接住那茶。于是，她交替着屏息喘气，跟随其后。她摔倒时手肘沾上了泥巴，弄乱了她卷曲的头发。然而，她无暇顾及，继续在泥地里滑行，追赶着母马，伸出塑料鞋的样子像是在乞讨。

莎拉坐在屋里，用披肩和毛巾紧紧地裹住自己，揉搓着膝盖，小声嘟哝着。她听到了雷声，看到闪电照亮了昏暗的房间，她将脸转向床头静静地等待着。她拖着僵硬的双腿在屋内蹒跚而行，一时听不见任何声音，微弱的呼吸声随着雷声停止后，再也没有响起。

在泥泞的牧场上，兰尼·图默跌跌撞撞地移动着，举着塑料鞋接着灰母马流下的液体。液体喷涌飞溅，夹杂着雨水，但她还是成功地取完了马茶。临别之际，老母马哼了一声，扬起一条粗腿，把她踢回泥里。她爬起身，颤抖着，哭着，手里端着鞋子，液体并未从鞋口洒出一滴，但她发现鞋前侧有个小裂缝。她赶紧用嘴堵住裂缝处。此刻的她，脚踝深陷在牧场湿滑的泥巴里，破烂湿重的外套下，身子快要冻僵了。她一路跑回家，给她的小斯努克斯送去还热乎乎的马茶。

侍奉上帝

1

约翰，儿子。爱上帝给他的一切。

男孩紧拉绳子，气喘吁吁地向上爬着，一边爬，一边挥手赶苍蝇，一不小心就在高低不平的地上绊了一跤，鞋里脚趾间灌满了砂砾。他不能停下来清空他的鞋子，也不能停下来休息，因为他没有时间。天色已晚，大猩猩失踪可能已经被人发现了。他希望至少在明天之前不要被人发现，这样他就有时间了。他猛拉绳子。他必须尽快到达山顶，否则大猩猩可能半路昏迷，就地安睡。

"加油。"他鼓励着大猩猩，它正用梦幻的黄眼睛看着他。一路上他一直在安慰它，但大猩猩因为吃了动物园管理员给的药而昏昏欲睡，除了在喉咙深处懒洋洋地哼了一声，没有任何回应。他希望明天它醒来时，能有好运。

现在，他们周围满是树、草和藤蔓，他希望这些风景能让大猩猩感到些许愉悦。虽然树、草和藤蔓并不是他生活中的必需，但他作为人也很喜欢这种景观。从高速公路的方向传来了微弱的轰鸣声，那是汽车在动物园的外围呼啸穿梭的声音。当他拍打脸周四处飞舞的蚊蚋时，他觉得汽车声听起来像黄蜂或大苍蝇。他感到身后的绳子被猛地拽了一下，原来那只大猩猩也在清理他面前的空气，但只是慢吞吞地、任性地一扫，黑色塑料样的眼皮就开始耷拉下来。

领着大猩猩的男孩年轻而瘦削，皮肤特别黑，关节处尤其黑得透亮。他那尖尖的双颊使他面部的肌肤绷得颇紧，也让浑圆的鼻尖显得更为扁平了。

他脸上流露着一种略带伤感的温柔，昂首挺胸的姿势显示着一种毫不费力的优雅之态。从步态中根本看不出他遭受了什么。刚进动物园的那几天，他曾站在大猩猩笼子前无望地哭泣，那并没有在他脸上留下多少痛苦的痕迹。他到底何时获得救赎，并没有明显的征兆，但是，显然，那是当他信奉别人——尤其是他的母亲——为他选择的上帝之时。

男孩使劲地拉着绳子，他们走过一片岩石交错之地。大猩猩突然停了下来，怨恨地朝男孩嗅了嗅，没有任何征兆地坐在了地上。男孩再次拉绳子，但大猩猩没有动，而是闷闷不乐地伸展身子沉沉睡去。不久，它开始打鼾，男孩凑到它旁边，好奇地看着它张开的嘴。里面是深玫瑰色和粉红色的，镶着黑边，像一个漂亮的洞穴。它长长的牙齿像黄色的冰柱和生锈的石笋。于是，男孩把绳子的一端系在附近的一丛茂密的灌木上面，不时回头看看它张着的嘴。接着，他把树叶、草和树枝耙在一起，让他们过夜的地方更舒适。然后，他从衬衫下面拿出半条黑麦面包和装有半瓶红酒的小瓶，小心翼翼地把它们放在他系绳子的灌木丛下，然后他独留大猩猩睡觉，他离开他们的营地，试图弄清楚他们身在何处。

他只知道他们还在布朗克斯动物园的园子里，因为他们还没有碰到动物园周围的高高的栅栏。当然这并不是困扰他的问题，因为他并不想走出动物园。他希望，如果管理员在夜幕降临前发现大猩猩走失，他们可以判断它已经被带离了动物园，这样的话，他们就会有足够多的时间，他可以从大猩猩那里得到他想要的东西，大猩猩也会从他那里得到它应得的敬意。

他确信，如果有人沿着山坡突然出现，他一眼就能发现他们。那里有树木、灌木、藤蔓和巨石，如果有必要——如果他能唤醒大猩猩——他们可以四处走动，甩掉追赶他们的人。但目前，他并不担心，因为他认为：在明天喂食之前，大猩猩失踪不会被发现，到那时一切就都结束了。

男孩走回大猩猩旁边，坐在草地上。在他勘察的时候，暮色悄然降临，现在已经很黑了。此时，大猩猩就像一个喝醉的老人，在睡梦中发出呼噜呼噜的鼾声。男孩觉得这是药效发作。每年这个时候，动物园里的大猩猩都要服用一剂预防类药物，这种药会让它们一连几天昏昏沉沉。也正因如此，他才能把这只从笼子里带出来，而没有惊动整个动物园，要知道，大猩猩在警觉时可能会发出极强的噪音。

男孩朝旁边那堆黑色的大块头皮毛笑了笑。他敬畏地看着这只大家伙美丽的体格，轻轻地抚摸着它的后脖颈。

大猩猩哼了一声，然后像一个巨大的困倦的婴儿一样，完全地舒了一口气，放松下来。紧挨着大猩猩，男孩也舒展四肢，大笑了起来。不久他就睡着了，随着午夜的空气变得清凉，他越来越紧靠那只大猿干净而温暖的皮毛。

他一晚无梦，带着热切的期待迎来了悠扬无风的黎明。大猩猩还在睡觉，但已经不那么平静了。男孩觉得药效快要消退了。他站在大猩猩头顶的一块地上，望向动物园的建筑，特别是他带走大猩猩的那栋楼。一切都很安静，周围的森林一片寂静。他专心地听着，等待着。不一会儿，鸟儿开始叽叽喳喳地叫起来，风吹动了树叶，连空气都像是拥有了生命。这场景如同唱歌或飞翔一般，让男孩感到兴奋。他把双手尽量高举过头顶，向太阳致意。太阳从雾蒙蒙的天空中缓缓升起，庄严而遥远，在前进的过程中轻轻地推开了云层。男孩透过薄雾直直地盯着太阳，愉快地感受着那些光点在他眼前跳动，直入脑海。

大猩猩开始发出咕噜声，用它滞钝的爪子在地上乱抓。男孩看着它，眼睛里闪烁着无比自豪的光芒。当大猩猩坐起来抠他的毛发时，他转过身去，开始收集小树枝和苔藓，用它们来生火。

大猩猩笔直地坐着，暴躁地观察着，撕扯着自己的皮毛，它蒙眬的眼睛渐渐变得像天空一样清澈。它抽抽鼻子，环顾下周围的森林，又茫然地望着天空——一片片蓝色不断延展。然后，它把自己巨大的脑袋转了一圈，好像在驱赶头痛的余波，接着轻轻地按了按屁股上印着坐印的地方，发出了不耐烦的咕噜声。它饿了。

男孩用一种缓慢的颇有仪式感的方式生着火，伸出黑色的手抚摸着木头和树叶，用温暖的呼吸吹动了羽毛般的干燥苔藓。聚精会神之下，厚实的下唇开启着。他不时抬起头来看看大猩猩，强忍着内心的欢喜，却依然不时露出灿烂的笑容。

小火很快就烧旺了。男孩与火保持在安全距离内，他看着大猩猩，笑了。大猩猩咕噜一声。它先是不信任地转身离开了篝火，然后又转身而来，与此同时，男孩走到灌木丛边，拿起装着面包的袋子，朝篝火走去。大猩猩开始烦躁不安，拼命拉扯绳子。它闻到了从包装纸上掉下来的面包的味道，就朝着面包走去。绳子却把它紧紧地拉了回来。

"你等一下,你。"男孩轻声说,小心翼翼地把面包放在火上烤着。猛然间他跳了起来,好像忘记了什么重要的东西。他把面包放下,给大猩猩松绑,并把它带到可以俯瞰篝火的斜坡上,轻轻地把它推过去。大猩猩温顺地坐着,药效似乎并未完全退去,不断地扭动着头部。男孩继续烤面包。当每块面包都烤得焦黑时,他把它扔进火里。面包在火中燃烧,他一直在大猩猩面前鞠躬,而大猩猩像一个毛茸茸的神秘的大佛一样坐在浅岩架上,睁着大大的贪婪的眼睛,表现出对火焰的无限敬畏。每当男孩从袋子里拿出一块新的面包时,黑麦的气味就会扑鼻而来,大猩猩就像乌龟一样,缓慢而无望地向前移动。那男孩不停地烤面包,烤好后,把它扔进火里,然后低头叩拜。大猩猩观察着。男孩一直在喃喃自语。到最后一块面包时,他停止了祷告,伸手从背后拿出酒瓶,打开它,玫瑰和香醋的味道飘到了空中,传到了大猩猩的鼻里,它第一次完全清醒了。男孩低下他那黝黑的毛茸茸的脑袋,继续叩拜祈祷,口中念念有词,直到烤到面包的最后一丁点。当手里的面包烤到酥脆时,他把半瓶酒倒进火里。大猩猩看着这一切,好像中了魔咒一样,发出一声粗哑的怒吼,表示强烈的不满。

男孩背对着被酒浸透了的灰烬,双膝跪倒在地,喃喃地做着漫长而热烈的祈祷。他跪在地上,把自己的身体拖到大猩猩的脚边。大猩猩的脚和他的脚一样又黑又粗糙,与他的脚不同的是:猩猩的脚趾长而积着垢,脚面上布满丝质毛发。他把祭品虔诚地放在他野蛮偶像的脚下。那只大猩猩的双脚,强大而有力,此时它因不耐烦而不断抽搐。这是男孩被逐出野蛮的丛林世界,进入虚无,看到炫目的光芒之前所见的最后的东西。大猩猩一边发出厌恶的咕噜声,一边抓起了面包。

2

约翰父亲的生活,在另一个地方,结束了。

约翰的父亲听说,在那悲惨的最后一秒钟里,你的整个人生都在你眼前过去了。当他和他的第二任妻子,那位相貌平平的黑人女孩沉浸在这一刻时，几乎没有什么可思考的。当他们听到龙卷风来了，就像二十列疯狂的火车冲进街区的房子的时候，她抓起婴儿，他则抱起小男孩，无暇顾及彼此。他们跑向冰箱，疯狂地拿出那几盘食物，把半空的牛奶盒扔到房间另一边，把本该放蔬菜和水果的地方腾出来。让两个孩子蹲下来。没有眼泪，没有警告，没有再见，他们砰的一声关上了门。

在飓风将街道夷为平地几分钟后，搜寻者会来到这里，发现孩子们还挤在冰箱里。几乎因寒冷而死，婴儿边哭边喘着粗气，小男孩则因恐惧和寒冷而麻木。当他们向外张望时，看到的不是他们熟悉的破旧厨房，而是一片开阔的田野。也许教堂、红十字会或好心的邻居会收留他们，把他们安置在其他同样遭遇的孩子中间。二十年后，他们的父亲和那个相貌平平的黑人女孩将被遗忘，只有在置身于潮湿寒冷、突然被强行封闭起来的地方时，他们的短暂回忆才可能被激发出来。

这样的场景和未来，在他眼前闪过，不是一个前世，而是两个前世。他未曾想，在那一刻，自己发誓要侍奉的上帝与偎在怀中的妻子只在脑中一闪而过,真正萦绕心头的却是第一任妻子——一个图书管理员,还有他们的儿子约翰。

他在教堂迎娶了第一任妻子,他们在那里互换戒指。他的妻子找人修改了婚纱照,结果使得他看起来并不像照片中的自己。照片中,他的皮肤是光滑的橄榄棕色,而实际上它是粗糙的黑色。他娶她,看中的是她的轻盈、放松、有趣,还有她那一头长长的红发。结婚后,她不再染发,长出了原本的黑色。于是,她留着缺乏想象力的黑色头发,穿着谨慎的黑色漆皮鞋,还有那身她似乎很喜欢的灰色西装,一头扎入了书堆——嗯,她已经变得让他无法辨识了。

他是在辞掉邮局工作后成为一名理发师的。他喜欢和女人们在一起。下巴松弛足有三层的老妇人要把头发染成蓝色或紫色;年轻女孩会喜欢铂金色在黑皮肤上闪闪发光的样子;甚至像他妻子这样古板保守的图书管理员也会光顾理发店,她们的要求是保持原样,不要变化。像他妻子这样的女人引起了他的兴趣,原因是他把她们变得越迟钝，她们就觉得这样越体面，也就越喜欢。

但是和妻子住在一起比每两周给她拉直一次头发要困难得多。他能克服对她头发毛糙结扣的厌恶，却很难穿透她的身体和思想。此外，这样的斗争真的很丢脸。

不幸的是，约翰太小了，无法让他感兴趣。并不是没有爱，只是不感兴趣。

他接下来娶的那个普通黑人女孩在教会里被人称为"姐妹"，她提出要去一个被上帝遗弃的地方，因为在那里他们可以向那些内心荒芜的人宣讲上帝之言。他也改了名字，给自己取了一个X。然而，他对X很不舒服，因为他每天早上都觉得前一天他并不存在。对于他的焦虑始终没有得到平息一事，他的妻子声称这是她无法理解的固执。当然，他知道那是为了什么——没有姓氏，约翰永远找不到他。

十年中，他只见过男孩一次，那时约翰快十五岁了。他渴望和约翰说说话，或者说渴望取悦他，约翰却渴望摆脱他。显然，这种渴望并不出于厌恶或愤怒。约翰并没有责怪他的父亲抛弃了他。至少他是这样说的。不，约翰只是想在布朗克斯动物园关闭前赶去那里。

"约翰,我不明白!"当发现自己是在和动物园较劲时,他恼羞成怒。他的儿子略带好奇地望着他的嘴唇,好像听不到他说话似的。约翰不耐烦又怜悯地看着父亲,带着一丝轻蔑和优越的表情。这使他很不安,因为约翰小时候,也是这样被人看待的。约翰拥有在西方世界被蔑视的所有的外形特征。他看起来很像他的父亲。一个地道的黑人。他的前额从眼桥以上的部分向后倾斜着,鼻子扁平,嘴巴很大。约翰的母亲总是对约翰大惊小怪,她厌恶他,因为他看起来像他的父亲而不像她。她责怪她丈夫对约翰的"所作所为"。但他是约翰的父亲,这个男孩怎么会不像他呢?

他的新婚妻子非常爱他,这种爱带着一种强烈的抽象感,仿佛他是一幅画或一件奇妙的雕塑。她视他的肤色和容貌结构如一枚徽章。她把他看作一个荣归故里的国王,对他们两具身体一起造出的一切都感到非常自豪。

他们在南方一个充满复仇感的州定居下来,建立了他们自己的家庭。这是一个满是木兰花和龙卷风的地方,农场的工人大多不善言辞。这里生活的人们和这片土地一样艰涩而平淡，几乎没有时间去接触任何一种新的、比原来更危险的宗教。可他们仍然坚持着；在斗争中，他为自己找到了平静。的确，约翰找不到他，但多年来，他的妻子帮助他发现，约翰只是无足轻重的、数百万需要他们的宗教带来真理的人之一。他终于接受了自己，但似乎就在接受的那一刻，他就必须向它告别了。

巨大的轰鸣声响彻街道，像二十列奔腾的列车呼啸而至。他们默契地行动，抱起孩子，奔向冰箱，扔掉食物，把孩子们塞进去，砰的一声关上冰箱门；而他们自己，像孩子们一样，冲进对方的怀里。

3

约翰的母亲，寻找……

当然，约翰的母亲比其他黑人激进诗人要年长得多。她四十多岁，而他们大多数人都是二十多岁或三十出头。不过，她看上去很年轻，也和他们一样，惯用煽动性的言辞。她在巡回演讲中很受欢迎，因为她的话总是那么精辟、辛辣且出人意料，也因为她对其他诗人会无害而幽默地调侃。听到她朗读的学生几乎总是放声大笑，举起拳头，跺着脚，大喊"说得对！"。这让她非常高兴，因为她最想要的就是和比她年轻的人保持融洽的关系。这并不是说她利用黑人革命来弥合代沟，而是说她发现这是一个理想的工具，可以让自己洗脱过去所犯的错。

不，她不像其他几位诗人所宣称的那样真正信奉非暴力革命或马丁·路德·金（她觉得他的南方口音令人讨厌，他的基督教号召很可笑），也从未在白人的公司里作为黑人身份的象征工作过。她从来没有参加过一场只有她一个黑人参与的跨种族事件。不用说，她所有的恋情都是正确的。

另一方面，她和邮局低级职员的婚姻早已破裂了多年，应该说，在儿子出生后不久，这场婚姻就名存实亡。他虽然是黑人，但气质却与她不符。从美国的东海岸到西海岸，她都在抨击她所就读的体面的南方大学不但阻碍了她革命性的成长，而且鼓励了白人性思想的萌芽。她抨击黑人牧师、教师和领袖是"太监""奥利奥"和"水果"。但事实上,为她诗意的演讲提供动力的却是她在失败的婚姻中所生的儿子。当然,从来没有人提到过他,那些听她讲课的、读她诗歌的学生都不知道他的存在。

他去世三四年后,她开始想写诗;在此之前,她是纽约市市立图书馆卡弗分馆的助理管理员。她的儿子在十五岁时去世,死得非常离奇——是在他把一只凶猛的大猩猩从布朗克斯动物园笼子里牵出来之后发生的。只有他的母亲能够拼凑出他死亡的细节。然而,她不喜欢谈论这件事。那事之后,她在疗养院住了两个月,总是在尼龙布上一遍遍地打结,想要做出一个小男孩的长袜帽。

从疗养院出来一年后,她剪掉了卷曲的头发,放弃了高跟鞋,改穿凉鞋和靴子,花了一点五美元买了人生中第一对环型大耳环。不久之后,她买了十几码非洲印花布料,给自己做了几件鲜艳的保守的裙子。有一天,在一阵痛苦中,她在脸颊上划出了一些精致的神圣小疤痕。她也试过不穿胸罩,但因为她身材很好,胸部很大,不穿胸罩会导致背痛,她不得不放弃。然而,她还是决绝地丢弃了她的紧身裙。

或许她是一个非常引人注目的人物，松软的头发剪得很短，身材高大如雕像——她的皮肤很好，令人惊讶的是，她面部的神圣疤痕使得她看起来高贵而严肃——但她的眼睛太小了，而且容易发光，这让她看起来总带着令人怀疑的狡猾神态，似乎要扑过来，抓住什么一般。

那些在她朗读时热烈鼓掌的学生，在结束之后几乎从未停下来与她交谈过，甚至在起立鼓掌后，在她离开教室时，也没有人簇拥提问，甚至邀请她的系主任也会在她演讲结束前几分钟找个理由溜出去。她通过邮件收到了所有朗读费。

有时，当她看着学生们转身走到外面，说笑着，挺着胸膛，沉浸在她的诗歌所赋予他们的全新的黑人的自信中，并且对于她的诗歌所赋予他们的美丽表示认同时，她靠在讲台上，用手捂着眼睛，感到双腿无力，喉咙疼痛。在这些时候，她几乎总是看到儿子坐在她眼前的后排座椅上，双手交叉放在膝盖上，眼睛里闪烁着对她教导的热情，他年轻的瘦削的后背挺得笔直。

在他死后，她给他改名为乔莫。她会轻轻地叫他的名字："约翰？""约翰？""乔莫？"虽然他从不作答，但他会慢悠悠地走到讲台上，站在那儿等着她整理笔记、诗歌、从报纸上剪下来的文章（她收集了大量别人的错误）。他会等她擦眼泪，然后他就会陪她一直走到门口。

一位非洲修女的日记

我们的教会学校就坐落在美丽的乌干达山脚下,这儿也是游客们的落脚处。它白天是我们上课的教室,夜间是游人歇息的旅店。

所有来到这里的人眼中都流露出一丝疑惑:你这么年轻、这么漂亮(可能吧),为什么却做了修女?美国人不理解我的谦逊。我给他们拿来了干净的床单和毛巾,返还他们给的小费,并对他们报以坦诚的微笑。德国人就大不一样了。他们不会支付额外的费用,却会给予赞扬,或许因为我这个黑人修女的形象触动了他们的情感;另外,因为我坚定不移地扎根在我的出生地,他们认为我是有着奇幻色彩的原始艺术的产物,是反异教主义的文明的化身,是杰出的理念的成果。他们保持着冷峻的热情,一边用明蓝色的如水晶般的眼睛审视着我,一边淫邪地对我微笑。法国人觉得我优雅迷人,想为我作画。意大利人关注着公共厕所里的巨型蟑螂,除了对它们略有微词时,他们几乎不会看我一眼,这是他们的一种习惯。

也许,我的荣耀归于上帝,正如我的至高荣耀应该归于上帝一样。

我是基督的妻子,是天主教会的妻子,还是独身殉难者和圣人的妻子。我就出生在这座小镇,这座由美国传教士开化的村庄。我一生都住在这里。从我居住的村庄出发,步行就能到达鲁文佐里[1],那片每年只会在炙热的春日显现真容的山脉。

2

小时候,我每天都穿着亮蓝色的校服,光着脚丫子,去教会学校上学。我会对自己遇到的每一个人都重复"早上好"这句话,但主要是对那些在学校任教的修女和牧师说的。那时候,我并不知道他们不能有孩子。他们似乎极具有创造力,他们的生活紧张而庄重。从那时候起,我就

---

[1] 鲁文佐里山,位于乌干达首都坎帕拉以西约300千米处,是非洲赤道附近著名的山脉。山间云雾缭绕,是一座头顶赤道烈日的"赤道雪山",是乌干达人心目中的"圣山"。

想成为像他们那样的人，如今，我实现了。白色修女袍包裹全身，和窗外被白色笼罩的群山一般。

二十岁时，我拥有了穿白色修女袍的资格，之后一直穿着；我需要用冷水沐浴，即使在冬天也一样；需要把剪短的头发遮盖严密；需要把指甲修剪得干净且整齐。儿时认识的男孩儿现在对我和善而客气，我眼见他们结婚生子，这正是主所期望的——他不是说过"叫孩子到我这里来"吗？

但我们就没有那么幸运了，我们也永远不会那么幸运。

3

晚上，按惯例，我独自在房间里坐到七点，然后上床睡觉。透过窗户，我能听到鼓声，闻到烤羊肉的味道，也能感受到节日赞歌的节奏。我用自己的歌声回应他们："我们在天上的父，愿人们都尊你的名为圣，愿你的国降临，愿你的旨意行在天地间。"[1] 我吟唱的赞歌没有他们的那么

---

[1] 原文为拉丁语。

古老。这一点，他们并不知道，也不在乎。

我在乎吗？我必须质问——那个从天而降的无躯体的人，那个曾经在地球上存在过的血肉身躯，那个父亲的骄傲，那个占有我的身体、夺走我纯洁之躯的人，他是我的丈夫吗？还是鼓声，那地球上神圣的生命与世间永生之舞的使者？难道我必定会渴望置身于熊熊火焰周围的阴影中，去感受扑面而来的炙热的爱的气息和萦绕在我腿间爱的魅惑吗？当我的激情被压抑在沙沙作响的大雪之下时，难道我就只能全身发颤吗？

我要在窗边坐多久才能把你从天上引诱下来？苍白的情人他从来不懂舞蹈，也不会跳舞。

我穿着与你的肤色一样的衣袍，躬身为仆，我属于你。你难道不下到人间把我带走吗？再或，相比将我带走却不敢露面的你的父亲，你的热情更显不足吗？

4

舞蹈在继续，这儿却沉寂了。该斟酒切肉了，他们将山羊肉切成条状，然后送入口中，撕咬搅动，贪婪而油腻的嘴唇将羊肉卷起。在有人和山羊的地方，这种狂喜永远不会停止。酒在火上热得滚烫，它穿过那些肮脏的嘴唇，刺激着他们的味蕾食欲。

午夜时分，一位年轻女孩会来到人群中，她隐藏在黑暗之中，默不作声。她已决定像其他人那样跟所有人都道声"早上好"，这句话她重复了无数次。她将起舞，所有人的眼睛都追随着她散发着情色信号的润滑的身体，每个人的心都跟随着她那沾满灰尘的脚的咔哒声而跳动。她将和她的情人跳舞，双臂向上伸向天空，她的眼睛却直勾勾地盯着人群中的情人。他将和她一起跳舞，节奏加快。人们看到她的双膝逐渐无力，甚至可以在自己的腰间感受到她缠绕的大腿已然松开。她的情人矜持着，直到她抓狂，才撕开她的衣服，同时抓扯着自己单薄的蔽体衣料。他们忘乎所以，不顾及观众的目光。当跳到最古老舞蹈的最后一部分时，他们终于难以按捺地摇晃着。红色的火焰咆哮着，紫色的身体瘫倒在地，静止不动。接着，舞蹈又重新开始了，整晚都是生命之舞和急迫的创造之火的重演。破晓时分，传来婴儿的啼声。

5

"我们在天上的父，愿人都尊你的名为圣，愿你的国降临，愿你的旨意行在地上……"这种狂喜在天堂里也会那么强烈和甜蜜吗？

他们会说："甜蜜？姐妹，难道你还没有皈依吗？你还是仅仅因为口腹之欲，就吃掉基督徒生命的食人族吗？"

我该怎么回答我的丈夫？说实话意味着被遗忘，遗忘一千年。然而，我依然会对带走我的人做如下回答：

"亲爱的，让我给你讲讲高山和春天。我们所看到的周围的山其实是黑色的，是白雪掩盖了它们的本色。春天，炎热的黑土融化了山上的积雪，水顺着一层层炽热的岩石奔流而下，燃烧着，洗涤着前来沐浴的赤裸身体。冰雪融化之时，人们种植庄稼；山土肥沃，粮食高产且优质。

"我和我所眼见的群山与不孕的婚姻有何关系？与那些只能看到山上积雪的眼睛有何关系？与你或你那些不相

信你们已死的朋友（虔诚的信徒还没有意识到不育就是死亡）有什么关系？

"或许我会这样说：'走开，我来做你的工作。'或者，更有可能的是，关于你对春天的信念缺失而引发的我的忧郁，我只字不提……因为我对于春天到来、积雪融化的永恒信仰不就是你对于复活的信仰吗？我怎么能说服一个如此聪明的人相信我的信仰更有价值？"

如何教蛮荒的世界舞蹈？这简直是一个让世界分裂的矛盾。

尽管我的心随着鼓声的轰鸣而跳动，就像垂死的世界里最后一次强烈的生命脉搏一样，我一定是缄默无声的。

因为在不远的将来，鼓声也一定会消失。我将帮忙压制它们的声音，让它们永远消音。为了保障此世我们的生命，我必须成为撒谎的人中的一员，并教会他们如何赴死。我将把他们的舞蹈变成对空虚的天空的祈祷，把他们的情人变得死气沉沉，把他们的孩子变成每年春天都扼住他们咽喉的无名圣歌。

6

如此，一个无爱的、不育的、无望的身处西方婚姻中的妻子将会把宗教启蒙的喜悦传播给那些善于模仿的民众。

那些花儿[1]

当轻快地从鸡舍跳到猪舍再到熏制室时,麦普似乎觉得日子从来没有像现在这样美好。空气中带着一股强烈的让她的鼻子不禁抽搐的敏锐气息。玉米、棉花、花生和南瓜的丰收,让每一天都成为一个金灿灿的惊喜,她兴奋得连下巴都微微颤抖。

麦普拿着一根多节的短棍,随意敲打着她喜欢的鸡,并在猪圈周围的栅栏上敲打出了一首歌的节拍。在温暖的阳光下,她感到轻松愉快。她十岁了,除了她的歌和深褐色的手中紧握着的棍子以及棍子敲打出的"嗒嗒嗒嗒"伴奏声,她什么都没有。

麦普离开了她那外墙板已锈迹斑斑的佃农小屋,沿着一路的栅栏走,直到清泉形成的小溪。家里喝的水就来自这眼泉水,泉眼四周长满了银蕨和野花。猪群沿着浅滩拱

---

[1] 本篇英文原版为通篇斜体,为表区分,中文版通篇定为楷体。

土觅食。麦普看着微小的白色水泡从薄薄的黑色土壤层涌动而出,然后顺着水流静静流淌。

她曾多次探索屋后的树林。深秋时,妈妈经常带着她去落叶间收集坚果。今天,麦普自己走上了这条路,一路蹦蹦跳跳,留意着蛇的隐约出没。除了常见的各种可爱的蕨类植物和树叶外,她还发现了足够抱一怀的奇特的蓝色花朵,它们有着天鹅绒般质地的脊,还有满是散发芳香的棕色花蕾的花丛。

到了正午时分,她已离家一英里甚至更远,臂弯里满是她发现的枝枝叶叶,她以前也常跑这么远,但是这片陌生的土地不像她常去的地方那样让人愉快。她所在的小峡谷里看起来很阴暗,空气潮湿,寂静又幽深。

麦普准备要绕回到屋子,去享受这宁静的清晨。就在这时,她猛地踩进了一个人的眼睛里,脚后跟卡在了额头和鼻子之间断掉的鼻梁上,她毫不畏惧地迅速俯身,想要挣脱。直到看到他裸露的笑容时,她才惊讶地轻叫了一声。

他原本是个高个子,从脚到脖子有很长一段距离。他的头在身体一边。当她拨开层层树叶和泥土残骸时,麦普看到他巨大的白色牙齿，所有的牙齿或是裂开或是折断了，他有长长的手指，骨头也很大。除了工作服上的几缕蓝色粗棉线条，所有的衣物都腐烂了，搭扣也变成了绿色。

麦普全神贯注地关注着四周。靠近她一脚踩到头的地方有一朵粉色野玫瑰。她捡起它，放到她的一捆枝叶里，就在这时，她注意到玫瑰根部周围有一个凸起的小丘和一个环。那是一个套索的腐烂残骸和轻微撕裂的犁线，现在已与土壤融为一体。在一棵茂盛的大橡树的垂悬树枝周围又挂着另一个，已然磨损、腐烂、褪色、烧焦，勉强悬挂在那里，依然在微风中不停地转动。麦普放下了她的花束。

夏天结束了。

我们在法国喝着红酒
（哈莉特）

"我喝，你喝，他喝，我们喝，你们喝……[1]"

他们如此古怪，像是杜米埃[2]的一幅画：他，显见地衰老；而她，有着棕色的脸蛋，迸发着青春。他瘦削的身体倾向她，身上穿的双排扣细条纹衣裳似乎在他的脊柱底部开裂。他浓密的黑色眉毛上白霜微泛，病态的面色使得整张脸异常平庸，侧脸紧绷着，快速抽搐的棕色眼睛透露着紧张的情绪。嘴唇上方一道灰色的汗珠，像是人造的胡子。长长的手指忙碌地指点着她放在桌子上的纸上的字。

她情绪低落，脖子向后拉伸，将整张脸凑到他的面前。她身材矮小，胸部浑圆而紧实，除了刘海，她的卷发一丝不苟地向后梳着。她的眼睛就像是照相机的镜头，伴随着咔哒声闭合又睁开。现在，灯光下的她喝着酒，目光

---

[1] 原文为法语：Je bois, tu bois, il boit, nous buvons, vous buvez. 本篇楷体字均表示原文为法语。
[2] 奥诺雷·杜米埃（1808—1879），法国19世纪伟大的现实主义讽刺画大师。

在法语教授的身上驻留，教授感受到了她如炬的目光，猛然间回望，却被她棕黄色的皮肤惊到了。

"在法国，我们喝葡萄酒。"他沉重的气息触到了她，她随即吸了一口气，这吓了他一跳，冷不防地跳起来，动作僵硬而呆板，比以往任何时候都更像杜米埃的画作了。女孩吓了一跳，不知道他怎么突然就跳开了，以为他不情愿和她交换气息，有那么一瞬间的慌乱，她感到自卑。

那个教授躲在桌子后面，他的目光扫过班级里的其他同学，想知道他们注意到了些什么。他们是一群外国孩子，这比成年人更糟。教室下面是一家邮局，当孩子们看到教授从那里经过时，就会叫他们的朋友过来，俯视他的秃头。在教室里时，学生们老练地盯着他看，他们棕色的眼睛透露出和教授如出一辙的戒备和警惕。蓝眼睛的姑娘起先企望与老师和同学保持亲近，可后来退却了。她有着天花板般的白色肌肤，而她周围那些棕色和玫瑰色皮肤的人并没有给她展示美丽的机会。从肤色上来看，她被彻底压制了。因为这个原因，他对她略怀歉意。但这只是短暂的刺激。对于她的痛苦，他心知肚明，所以避免提及。听到铃声，他的注意力离开了她。有那么一刻，他紧盯着那个从未学过法语的女孩的双眸。女孩正在睡梦中，没有听到铃声，也没有意识到那个教授在盯着她看。就在那么一刻，她不知不觉地陷入了他的视野。突然咔哒一声，她一睁眼，他却茫然不知所措。当她在门口经过时，他的心怦怦直跳，就像水沟里的旧报纸被一阵阵狂风吹起。

2

教授正在取走他的邮件。这是一份来自墨西哥的杂志和信件，夏天一来，他就要到墨西哥去了。他迫不及待地要离开密西西比，去迎接更强烈的阳光。自从三年前去过墨西哥以后，那里的美景就逐渐注入他心底。他不能再对墨西哥视若无睹了，那里的经历刻骨铭心。在墨西哥，他发现了一种渐渐浸润的美。一旦他感到厌倦，就会出发去探索更南面的国家。他被对世界各地美景的欣赏追赶着。他将信件折好，厌恶地看着邮局窄小的墙壁和低矮的天花板，然后冲出门，冲进明亮的阳光中。

3

哈莉特真是一个怪难听的名字。她想知道用法语说出来会不会好一点。她被六本又大又重的书压得身体前倾。她并不像法语教授所想的那么笨，相反，她很聪明。这一点被其他老师证实过。她会读完臂弯里的每一本大部头，这些书并不是必读书目，只是她想通过阅读这些书感受其他人所学到东西的精华，就像是面包一样，吃进肚子里，消化它，来支撑自己。她是学校里最渴求知识的女孩。

她看到教授拿出了邮箱里的东西，信，他读了；杂志，则被夹在腋下带走。浏览布告栏时，她发现了一些她未被邀请的舞会信息，她觉得他想要躲避，一阵惶恐。她猜想他收到的那封信应该与某个去世的人有关。

4

之后，她坐在车里，身体酥软无力，缩成一团维持着呼吸。她感受到了她情人的手，虽然干燥，却很年轻，他在帮她脱掉衣服。一只手将她的乳头向右猛推，然后挤压，却并未激起她的情绪变化。她坐在汽车的前排座位上，觉得自己在被向后压着，重量压得她喘不过气来，他的动作焦虑而自私，穿透得使她动弹不得。结束以后，她很惊讶她还能坐起来，她本来还想象着自己被刺穿在座位上。她坐起来，看向窗外，说道"不错"。此时，她脑海中浮现的不是腹部被撞击的动作，而是关于"boire"（喝）这个词的正确变位："Je bois, tu bois, il boit, nous buvons..."

在他们返回学校时，她仿佛已经置身车外，远离了那双操纵方向盘的手。他们加快速度，要是学校大门锁了，她就得翻墙进去，而这会面临被开除的风险。男孩因为担心他们的安全，顾及他所期望的未来，紧张到出了一身汗。翻墙是一件麻烦事，但她并不觉得这是失败的耻辱。此刻，她耳后的那个两周前警察打她留下的节疤开始抽动。他们回来得不算晚。她走过两个街区，来到了校园门口，门卫眨眨睡眼惺忪的眼睛，在她身后嗅察着，呼吸中带着一股酒味。她怀疑这种几乎算得上是监禁的公正性,并试图用无可挑剔的法语解释一个关于这个主题的抽象句子。

5

教授在一顿餐食中会吃一点白干酪、一个松软的鸡蛋、一杯牛奶和一点奶油。因为他有胃溃疡,所以要注意饮食。他想知道哈莉特小姐是否注意到了他打嗝和拍打肚子的样子。他必须要停止想念她,时刻记得他已老,离死亡不远了。现在的他是一片灰烬,而她却是阳光和土地。

在平淡无味地进餐时,他突然想起了那本杂志。那本杂志刊载了他写的故事,这则新故事记录了集中营的生活,承载的痛苦要比上一则少些。集中营吞噬了他的妻女,并用她们的骨肉制成肥料。他想起了在波兰的冬天,寒冷而潮湿,在他的印象里,那里总是漆黑一片;艰难而僵硬的步履,流着血的双脚,一切都以故事记录。那是整整七年的饥饿、严寒和死亡。出版商用煽情的语言描述他的逃亡。用他们的话来说,他的幸存有悖常规。现在的他没有在波兰的偏远地区搞种植，简直就是个怪物；他是个罪犯，因为他穿越欧洲，免于被屠杀，反而说着流利的法语（要知道，他致力于学习法语的父母，最终没有从中得到任何好处），安然无恙地出现在了法国。

这篇故事的作者现在是南方腹地的黑人女子学校的法语教授。

教授生气极了，把这份对他存在的认可扔到房间的另一边。

6

"我的天，这个女人！"哈莉特在镜子里检视着自己赤裸的身体。她想象着教授会顺着窗外的防火梯爬上来，微笑着从窗帘里钻出来。想象着自己赤裸着温暖的身子向他伸出手，他把冰冷的鼻子和嘴唇埋在她温热的肩膀中。他赤裸着（起先，他会穿着红色的长袖内衣），把她抵在床上，俯身看着她，然后和她发生关系。他们会一起躺着说说话，他也没有什么急事。他已经足够年长，知道分寸，他轻抚着她耳朵下方的脖子，跟她讲他的生活，向她解释他袖口下用模板印上去的蓝色数字——他总是在调整袖口。因为她对她自己的历史，也对他的历史一无所知。他必须要告诉她，为什么他在那里文了一个文身，后来却一直想把它藏起来。他必须向她保证，今后在课堂上脱掉外套时不要觉得难为情，特别是在炎热的天气让他倍感狼狈时。他要对她讲的东西太多了……但是现在她的身体将他彻底温暖，他的身体似乎融化了，围绕着她的身体流动。他的嘴很丰满，像一根羽毛一样，轻轻地玩弄着她的乳房，逗弄着她的乳头。他的手探寻着，然后放在她的背上，她的身侧，而她将他带进了自己的身体。她并不想让他焕发青春，因为她已经处于他晚年时所在的状态了。

一声刺耳而响亮的敲门声宣告了"查房"和"女舍监"的到来。在那张灰褐色的、能驱散美梦的脸僵硬地伸进屋里之前，哈莉特匆忙穿上睡衣，口齿不清地说着："来了，女士。"

7

　　一旦上床，教授就丧失了自我。他不可抑制地想着他的这个笨学生。他上课的第一周就记住了她。她说话声音模糊而柔软，这增加了理解的难度。和蓝眼睛、接近白皮肤的女孩能迅速断句并理解的能力比起来，她断断续续地啃法语句子，像马啃草一样。或是因为其他人对她的忽视，她棕色的眼睛透着满满的悲伤，像是在呻吟。她比他的孙辈还要小上几岁，也更笨一点，他补充着。但是他不能把她当成一个孩子来看待，在他眼中，她是一个年轻人。她将南方监狱的气味带到课堂上——数百只在疼痛中行进的脚，从教堂传来的令人感伤的自由之歌，以及在每条陷入疯狂的街道的尽头，注定要面对永恒血腥的灵魂的哀嚎。

　　他曾认为丑陋而未经教养的言语，成为她的一部分；而她那充满悲伤的眼睛所触及的任何地方，都深深触痛到他。他幻想着进入她的歌里，兑现故事中出现的支票，购买两张去墨西哥的机票，同她一起公开在沙滩上闲憩，他会赞美她柔软圆润的鼻子，以及想象中她脚趾的深褐色，他会让太阳炙烤着身体，让他们更亲近如一体。他把他悲惨生活中所有的爱都寄托在她身上。

当他从梦中惊醒时，额头上不是曾经卷曲、耷拉着的黑发，而是满是汗水。他哭了，没有泪水，只有汗水。他把脸转向墙壁，开始筹划他辞职信的措辞，并准备购买赴南美的指南手册。

8

"我们喝红酒。"在他的课前，哈莉特在教室外反复练习着这句话。但是，今天的课要继续下个内容了。今天学的是"我们不喝红酒"，教授要求她重复这句话，直到最后一遍时，他躲在了书桌之后。

让死亡见鬼去吧

"让死亡见鬼去吧,"父亲会说,"孩子们需要斯威特先生!"

斯威特先生是一名吉他手,他罹患糖尿病,嗜酒如命,住在离我们家不远的一个早已废弃的棉花农场。在成长的道路上,哥哥姐姐们从斯威特先生那里受益最多,那时候,对于斯威特先生而言,岁月尚长。在之后的漫长岁月里,不知有多少次斯威特先生被父亲从濒临死亡的最后关头给唤了回来。"让死亡见鬼去吧,老兄,"父亲会说,"孩子们需要斯威特先生!"然后把斯威特先生那垂泪的妻子(尽管她知道,除非斯威特先生决意去死,否则这必然不是他的最后一次"死亡")从床上一把推开。是的,孩子们很需要他,只要得到了父亲的示意,孩子们就会蜂拥而上,一股脑地围在床边,扑到被子上,而年纪最小的孩子会一边亲吻他那布满皱纹的黑黢黢的脸,一边挠他的痒痒，让他笑得肚子痛，这时候，他那长长的散乱的胡子会抖动起来，颜色和形态都像极了西班牙苔藓。

斯威特先生少年时也曾雄心勃勃，他曾梦想做一名医生、律师或是水手，可最后发现这些对黑人来说都是非分之想。那时的南方黑人甚至会因为想改变自己的命运而被杀死，种族隔离法使得绝大多数黑人失去了接受合格的教育、拥有得体的住所和工作的机会。因为不能实现自己的梦想，于是他把捕鱼当作唯一正式的营生，把弹吉他弹得非常好当作自己唯一可以夸赞的东西。他和妻子玛丽有一个独子，男孩整日无所事事，花钱大手大脚，好像是要看看家底有多丰厚，而斯威特先生会告诉他，他们家的家底就如同他那深棕色的手掌一般，空空如也。玛丽女士极其溺爱她的"宝贝"，为了给儿子买他口中所谓的"生活必需品"，她努力工作，虽然这些"必需品"大多是女人。

斯威特先生是个瘦高个儿，他那一头浓密的卷发已然全白。他有着深棕色的皮肤和蓝色的眯缝眼，嘴里常常嚼着棕色的骡子烟。他总是在酩酊大醉的边缘，因为他自己酿酒，所以喝起酒来一点儿也不吝啬。他总是忧郁且悲伤，经常在"自我感觉良好"的时候和我们一起在院子里跳舞，却总是在我母亲赶来看热闹的时候摔倒。

他对我们所有的孩子都很和善，和我们在一起时也很腼腆，这在成年人当中是很少见的。他非常尊敬我的母亲，因为母亲从不会由于他醉酒而对他有所偏见，甚至在他快要醉倒在壁炉里的时候也让我们陪他玩。斯威特先生有时会完全（或几乎完全）控制不住他的头颈，懒洋洋地躺在椅子上，但他的思维敏捷异常，说话也不受什么影响。半醉半醒的他是我们的理想玩伴，因为这时的他和我们一样弱小，我们既可以在摔跤上胜过他，又能和他保持连贯的交谈。

和斯威特先生一起玩的时候，我们从来不会意识到他的年龄。我们喜欢他的皱纹，也会比照着他的模样在我们的额头上画一些。我特别珍惜他的白发，这一点他也知道，所以他绝不会刚刚在理发店剪掉头发后就来拜访我们。有一次，他来我家，可能是为了问父亲肥料的事，虽然他对庄稼从不上心，但他想知道如果要种庄稼的话，用什么东西才最好。总而言之，他当时没有头发，因为他刚刚在理发店剃掉了。他戴着一顶巨大的草帽，以遮挡阳光，也是为了不让我发现他剃光了头发；但我一看到他就跑了上去，让他把我抱起来，用他那有趣的散发着浓浓烟草味的胡子吻我。我扔掉了他的帽子，期待地把我的手指埋进他那毛茸茸的头发里，却发现他剪掉了自己的头发，头发已经不在了！我放声大哭，母亲以为斯威特先生终于把我扔到了井里或别的什么地方。从那天起，我就对戴帽子的男人分外警惕。不久之后，斯威特先生又出现了，他的头发长出来了，和以前一样苍白、卷曲、浓密。

斯威特先生过去常常称我为公主，而我对此深信不疑。五六岁的时候，他让我觉得自己很漂亮；到了炽热灿烂的八岁半，他让我觉得自己有着倾国倾城的容貌。当他带着吉他来到我们家时，全家人都会停下手头的工作，坐在他身边听他演奏。他喜欢弹一首名为《甜蜜的乔治亚·布朗》的曲子，有时他也会这么叫我，他还喜欢弹《卡多尼亚》和各种各样甜蜜、悲伤、美妙的自创歌曲。我从这些原创歌曲中才知道他是迫于无奈才与玛丽女士结婚。实际上，他所爱另有他人（如今她居住在芝加哥或密歇根州的底特律），他不确定玛丽的孩子乔·李是否也是他的。他有时会哭泣，这暗示着他会再次寻死，因此我们都会做好被召唤的准备。

在我的记忆中，我第一次参加斯威特先生的"复活仪式"是在七岁那年，可父母告诉我，我早前就参加过了，早在我知道斯威特先生的复活仪式这回事之前，我就被选中去亲吻他，逗他发痒。有一次斯威特先生来到我们家，那是他妻子去世后没几年的事儿，他伤心欲绝，像往常一样，喝得酩酊大醉。他坐在地上，挨着我和哥哥（其他的孩子都已长大成人，另有住所），一边弹吉他，一边哭泣。我把他毛茸茸的脑袋抱在怀里，真希望自己已经长大，成为他深爱的那个女人，不会在很多年前就和他失去联系。

那天，斯威特先生走的时候，母亲对我们说当晚最好睡得轻一点，因为我们可能要在天亮之前到斯威特先生家去。事实确实如此。我们上床后不久，一个邻居就敲门找我父亲，说斯威特先生快不行了，如果想在斯威特先生临终前说几句话，最好快点赶去斯威特先生家。但凡斯威特先生出了事，邻居们都知道来我家找人，至于我们究竟用了什么办法，才能让时不时就处于生死关头的斯威特先生转危为安，或者，至少阻止他赴死，邻居们却全然不知。一听到邻居的哭腔，父母、哥哥和我就起床穿上了衣服，匆匆走出房子，沿着大路走去，我们总是担心斯威特先生不再磨磨蹭蹭了，而我们又去得太晚。

我们到了斯威特先生家，那是一间非常简陋的棚屋，我们发现前屋里挤满了邻居和亲戚，有人在门口迎接我们，说老斯威特·利特尔先生（利特尔是他的姓，尽管我们基本上忽略了它）快要一命呜呼了。因为我们还太小，所以他并不建议父母把我和哥哥带进"死亡室"，但我们比他对死亡室要适应得多，所以压根没有理会他的警告，冲了进去。阴森的死亡景象令我心烦意乱，我几乎要哭了。想到复活仪式要很大程度上倚靠我和哥哥（哥哥大部分时间都笨手笨脚的），我就紧张得不得了。

医生正趴在床上，随后转身对我们说，老斯威特·利特尔先生快要不行了，最好不要让孩子们看到死者那扭曲到无法缓和的面容（我当时还不知道"扭曲到无法缓和"是什么意思，但无论如何，斯威特先生不是那样的！），类似的话我们至少已经听了不下十遍。我父亲突然把他推开，像往常一样非常大声地对斯威特先生说："让死亡见鬼去吧，老兄，孩子们需要斯威特先生。"听到父亲的暗示，我随即就扑到床上，亲吻斯威特先生的胡须、眼睑，以及睡衣领子周围，我能闻到他领子处散发着各种混杂在一起的浓烈味道，尤其是药膏的味道。

我很善于使他恢复知觉，一看到他正努力睁开眼睛，我就知道他会好起来，如此，我确信我成功完成了复活行动。他睁开眼睛以后会开始笑，这样一来，我就知道我赢了。不过，有一次我吓坏了，因为他睁不开眼睛，后来我才知道他中风了，他一侧脸僵硬无比，难以动弹。当他开始笑的时候，我可以认真地给他挠痒痒，因为我确信没有什么能阻挡他的笑声。只有一次他咳嗽得很厉害，差点让我从肚子上摔了下来，那是当我还是婴孩时候的事情了，当时我浓密的头发扎进他的鼻子里了。

在确信他能听到我们讲话后，我们就会问他：为什么要躺在床上？什么时候能再来看我们？我们能不能弹那把放在床头的吉他？他那双眼睛罩着一层雾气。有时，他会嚎啕大哭，但这并不会让我们觉得尴尬，因为他知道我们爱他，而且有的时候我们也会无缘无故地哭。这时，父母会离开，把房间留给我们仨，斯威特先生会把一些枕头垫在脑后，躺在床上，而我要么坐在他的肩膀上，要么躺在他的胸脯上，甚至在他呼吸困难的时候，他也不会让我下来。他盯着我的眼睛，摇晃着他那白发苍苍的脑袋，用粗糙的手指轻抚我的发际线，我的发际线很低，几乎挨着眉毛，有人说我看起来像一只小猴子。

哥哥很大方，他让我做了所有事——我出生前他已经做了数年的复活工作有新人接替，他很开心。哥哥会在我和斯威特先生说话时，装模作样地弹起吉他，实际上，他假装自己是年轻的斯威特先生，而斯威特先生看到这一幕总是很开心，他很开心有人愿意像他一样。当然，我们当时还不知道这一点，我们只是随机应变，无论他喜欢什么，我们都会做。我们很害怕有一天他会不告而别，离开我们。

我们从不觉得自己在做什么特别的事。当时，我们并不知道死亡意味着走到了终点。打败了死亡这么多次，我们都还不以为意，事实上，我们变得对那些让自己真正赴死的人不屑一顾，忘乎所以。然而，我们没有想到，如果是父亲到了弥留之际，我们根本无法阻止，我们能救回来的也只有斯威特先生一人。

斯威特先生八十多岁时，我在离家很远的大学上学。每次回家都能看到他，他再也没有濒临死亡的边缘，我开始觉得我不必再为他的身体状况和心理健康而担忧。那时的他不仅有了八字胡，还蓄起了雪白飘逸的络腮须，我很喜欢他的络腮须，梳一梳，编一编，好几个小时就过去了。他非常安静、虚弱、温和，与他相关的唯一不和谐的音符就是他的老式钢弦吉他，他仍然用这把吉他演奏着悲伤、甜蜜、朴素的老式布鲁斯音乐。

斯威特先生九十岁生日那天，我在马萨诸塞州即将完成我的博士论文，也一直计划着要回家休息几周。那天早上我收到一封电报，电文说斯威特先生生命垂危，请我抛下一切回家。当然没问题，我的论文可以等，老师会理解的，我可以回来以后再向老师说明缘由。我跑到电话前，打电话给机场，然后在尘土飞扬的道路上飞奔，不到四个小时,我就到了斯威特先生家。

这座房子比我上次去的时候还要破旧,勉强还能算作一个棚屋,房子周围长满了我家人多年前种下的黄玫瑰。空气中弥漫着芬芳,气氛沉重、恬静而平和,很是奇怪。我穿过门,走上了摇摇欲坠的旧台阶。然而,就在我看到我很熟悉的床单上他那瘦弱的身躯,而我很喜欢的长长的白胡子就飘垂在上面时,这种陌生感消失了。斯威特先生就在那里!

斯威特先生双眼紧闭,一双瘦削纤细的手交叉着放在腹部。以前无论在什么地方,我都会蹦蹦跳跳地扑到他身上,但现在,我知道他的身体再难支撑我的重量。我回过头看了看我的父母,惊讶地发现他们是那么的衰老而虚弱。父亲的头发已经花白,他就靠在那个沉睡的老人身上,顺便提一句,斯威特先生身上依旧散发着烟酒味。父亲像以前一样说道:"让死亡见鬼去吧,老兄!我女儿专程回来看斯威特先生了!"哥哥因为在亚洲打仗,未能赶回。我弯下腰,轻抚着他紧闭的双眼,慢慢地,那双眼睁开了,那紧闭的沾满酒渍的嘴唇也微微颤动着,露出了温暖而略带尴尬的笑容。斯威特先生能看到我，他认出了我，他的眼睛在那一瞬炯炯发光。我把头放在他旁边的枕头上，就这样对视了很久，然后他开始用一根单薄而光滑的手指沿着我特别的发际线描摹着。当他的手指停在我耳边时，我闭上了眼睛（小的时候，当他发现我耳朵里的泥垢时总是显出惊喜），他的手一直捧着我的脸颊。当我睁开眼睛以确信我及时赶了回来的时候，他的眼睛却闭上了。

那年我已二十四岁，但我根本不能相信自己失败了，不能相信斯威特先生真的去世了，他以前从未真正离开过。但当我抬头看向我的父母时，我看到他们在强忍泪水。他们深爱着他，他就像一件平日里被妥善存放以免破碎的瓷器，稀有而精致，但终于还是摔了下来。我久久地凝视着他苍老的脸、布满皱纹的额头、红色的嘴唇，以及那仍然向我伸出的手。过了一会儿，父亲把一个冰凉的东西放到了我手里，那是斯威特先生的吉他。斯威特先生在几个月前就让他们把吉他送给我，他知道下次我再来的时候，他再也不能以老方式来回应我，他不想让我的旅途一无所获。

就是那把旧吉他，我拨动着它的琴弦，哼起了《甜蜜的乔治亚·布朗》,斯威特先生的魔力还停留在冰冷的钢制盒子里。透过窗户,我嗅到了娇嫩的黄玫瑰的馥郁。那个男人躺在高高的老式床上,盖着被子,留着飘逸的白胡须,他是我的初恋。